# Im Netz der Zukunft

Autor: Mark Zimmermann

# Im Netz der Zukunft

## Wenn Technik zur Versuchung wird

Ein packender Near-Future-Thriller

Autor: Mark Zimmermann

Bibliografische Information der Deutschen Nationalbibliothek:

Die Deutsche Nationalbibliothek verzeichnet diese Publikation in der Deutschen Nationalbibliografie. Detaillierte bibliografische Daten sind im Internet über http://dnb.dnb.de abrufbar.

Verlag:
BoD · Books on Demand GmbH, Überseering 33, 22297 Hamburg, bod@bod.de

Druck:
Libri Plureos GmbH, Friedensallee 273, 22763 Hamburg

ISBN: 978-3-7693-5077-7

# Aufbruch in eine neue Zeit

Die analoge Armbanduhr an Lukas Webers Handgelenk zeigte 9:47 Uhr. In dreizehn Minuten würde Professor Hartmann vor dem Hörsaal stehen und die Türen schließen. Lukas drückte seine Stirn gegen das kühle Glas der Fensterscheibe und beobachtete, wie der Regen Schlieren über den Campus zog.

Fünf Jahre Vorbereitung. Schulzeit, Bewerbungsmarathon, ein freiwilliges Jahr in der IT-Beratung seines Onkels. Alles für diesen Moment.

*Grundlagen der Künstlichen Intelligenz.*

Er ballte die Faust, bis seine Fingerknochel weiß hervortraten.

„Hey, Träumer! Willst du Wurzeln schlagen oder mit zur Vorlesung kommen?"

Lukas drehte sich um. Mia Chen stand hinter ihm, die Arme verschränkt, ein schiefes Lächeln auf den Lippen. Sie hatten sich gestern bei der Einführungsveranstaltung kennengelernt,eine kurze Unterhaltung über neuronale Netzwerke, die sich bis Mitternacht hingezogen hatte.

„Ich komme." Er griff nach seinem Rucksack. „War nur in Gedanken."

„Das merkt man." Mia zog eine Augenbraue hoch. „Aber pass auf, dass du nicht zu viel nachdenkst. Die Zukunft wartet nicht."

Der Hörsaal war bereits voll. Sie fanden zwei Plätze in der Mitte, eingekeilt zwischen Studenten, die ihre Tablets aufklappten und holografische Displays aktivierten. Lukas zog sein eigenes Tablet heraus,nicht das neueste Modell, aber es erfüllte seinen Zweck.

Stille.

Professor Hartmann stand am Podium. Grauer Bart, markante Brille, ein in Leder gebundenes Notizbuch in der Hand. Keine AR-Brille, keine sichtbare Technologie.

„Legen Sie alle Ihre Geräte beiseite", sagte er.

Kollektives Stöhnen. Nervöser Blickwechsel.

Lukas legte sein Tablet auf den Tisch. Ein Student neben ihm klammerte sich an sein Smartphone wie an einen Rettungsring.

„Keine Sorge", fuhr Hartmann fort. „Sie bekommen sie gleich wieder. Aber ich möchte, dass Sie verstehen, worum es in diesem Kurs wirklich geht."

Er ging langsam vor dem Podium auf und ab.

„Künstliche Intelligenz ist mehr als Algorithmen und Datenverarbeitung. Es ist der Versuch, das Wesen menschlicher Intelligenz zu verstehen und nachzubilden." Sein Blick wanderte über die Gesichter. „Und um das zu tun, müssen wir zunächst verstehen, was uns als Menschen ausmacht."

Lukas spürte, wie sich die Haare auf seinen Unterarmen aufstellten.

„In den kommenden Jahren werden Sie lernen, wie man KI-Systeme entwickelt, trainiert und implementiert. Sie werden die neuesten Technologien kennenlernen." Hartmann blieb stehen. „Aber vergessen Sie nie die ethische Dimension Ihrer Arbeit. Jede Zeile Code, die Sie schreiben, wird Auswirkungen auf das Leben von Menschen haben."

*Genau das*, dachte Lukas. *Genau deshalb bin ich hier.*

Nach der Vorlesung schob sich die Menge Richtung Ausgang. Professor Hartmann hatte über die Geschichte der KI gesprochen, von den ersten theoretischen Konzepten bis zu den neuesten Durchbrüchen. Und er hatte ein Start-up erwähnt: Eden Tech. Angeblich revolutionäre Fortschritte in der natürlichen Sprachverarbeitung.

„Was hältst du davon?", fragte Mia, während sie sich durch den Gang drängelten. „Ziemlich intensiv für die erste Vorlesung."

„Genau das habe ich erwartet." Lukas wich einem Studenten mit übergroßen Kopfhörern aus. „Ich will nicht nur lernen, wie man Code schreibt. Ich will verstehen, wie wir Technologie nutzen können, um echte Probleme zu lösen."

Mia musterte ihn von der Seite. „Du klingst wie ein Idealist."

„Ist das schlimm?"

„Nein." Sie lächelte. „Die meisten hier wollen nur einen gut bezahlten Job bei einem der großen Tech-Konzerne. Schön, dass es noch Menschen wie dich gibt."

In der Cafeteria holten sie sich Kaffee und setzten sich an einen Tisch am Fenster. Draußen hatte der Regen nachgelassen. Ein Sonnenstrahl brach durch die Wolken.

„Apropos Tech-Konzerne", sagte Mia und nahm einen Schluck. „Hast du von Eden Tech gehört? Sie sollen angeblich eine KI entwickelt haben, die menschliche Emotionen erkennen kann."

„Professor Hartmann hat sie erwähnt." Lukas drehte seinen Becher in den Händen. „Klingt interessant, aber auch ein bisschen gruselig. Ich meine, wollen wir wirklich, dass Maschinen unsere Emotionen lesen?"

„Warum nicht?", fragte eine Stimme hinter ihnen.

Lukas drehte sich um. Ein grosser, schlanker Mann mit kurz geschnittenem blondem Haar und einem Lächeln, das zu breit war.

„Wenn Maschinen unsere Emotionen verstehen, können sie uns besser dienen." Er setzte sich unaufgefordert zu ihnen. „Alexander Krüger. Erstes Semester Informatik."

„Niemand hat dich eingeladen", sagte Mia.

Alexander ignorierte sie. „Ich finde, dass wir die Möglichkeiten der KI nicht durch übertriebene ethische Bedenken einschränken sollten."

Seine Finger trommelten auf der Tischplatte. Schnell, rhythmisch, ungeduldig.

„Ethische Bedenken sind nie übertrieben", entgegnete Lukas. „Technologie sollte den Menschen dienen, nicht umgekehrt."

Alexander lachte leise. Ein kurzes, trockenes Geräusch. „Das klingt gut in einer philosophischen Debatte. Aber in der realen Welt geht es um Fortschritt und Innovation. Die Unternehmen, die die Grenzen am weitesten verschieben, werden die Zukunft gestalten."

„Und was ist mit den Konsequenzen?", fragte Mia. „Datenschutz? Privatsphäre? Missbrauchspotenzial?"

„Kollateralschaden." Alexander machte eine wegwerfende Handbewegung. „Habt ihr schon von dem Hackathon gehört? Nächsten Monat, gesponsert von Eden Tech. Der Hauptpreis ist ein bezahltes Praktikum."

Lukas und Mia tauschten einen Blick.

„Ich werde auf jeden Fall teilnehmen", fuhr Alexander fort. „Mein Ziel ist es, nach dem Studium bei Eden Tech zu arbeiten. Sie haben ein faszinierendes Logo, einen Apfel, umgeben von stilisierten Dornen. Symbolisiert angeblich Wissen, das geschützt werden muss."

„Ein Apfel?", fragte Lukas. „Wie in der biblischen Geschichte vom Baum der Erkenntnis?"

„Genau." Alexanders Augen glänzten. „Clever, oder? Wer das Wissen kontrolliert, kontrolliert die Zukunft."

Er stand auf. „Vielleicht sehen wir uns beim Hackathon. Möge der Bessere gewinnen."

Sein Zwinkern war das Letzte, was Lukas sah, bevor Alexander in der Menge verschwand.

„Was für ein Typ", murmelte Mia. „Aber er hat nicht ganz unrecht mit dem Hackathon. Das könnte eine gute Gelegenheit sein."

Lukas nickte langsam. Der Gedanke an einen Wettbewerb reizte ihn. Aber etwas an Alexanders Einstellung nagte an ihm. Diese rücksichtslose Fokussierung auf Fortschritt um jeden Preis.

„Lass uns teilnehmen", sagte er. „Aber auf unsere Art. Wir entwickeln etwas, das tatsächlich einen positiven Unterschied macht."

Mia hob ihren Kaffeebecher. „Team Idealist gegen Team Pragmatiker?"

Sie stiessen an.

# Der Hackathon

Der Coworking-Space im Herzen Münchens vibrierte vor Energie. Große Fenster liessen Sonnenlicht herein, überall standen Tische mit Computern, Kabeln und jungen Menschen, deren Finger über Tastaturen flogen. Der Duft von Kaffee und Pizza lag in der Luft.

Eden Tech hatte keine Kosten gescheut. Neben der technischen Ausstattung gab es ein großzügiges Buffet, Erfrischungsgetränke und Massagestühle. Das Firmenlogo,der stilisierte Apfel in Dornen,prangte auf Bannern, T-Shirts und Namensschildern.

Lukas und Mia hatten sich einen Platz in einer ruhigeren Ecke gesichert. Die letzten Wochen hatten sie damit verbracht, ihre Idee zu entwickeln: eine KI-gestützte Anwendung, die Menschen mit komplementären Fähigkeiten zusammenbringen sollte, um gemeinsam an sozialen Projekten zu arbeiten.

*ConnectForGood.*

„Wie läuft's bei euch?"

Eine junge Frau mit kurzen roten Haaren und Eden-Tech-Namensschild stand neben ihrem Tisch. Sarah, Mentorin.

„Ganz gut", antwortete Mia. „Wir arbeiten an einer sozialen Vernetzungsplattform."

Sarah nickte. „Klingt interessant. Aber denkt daran, dass die Jury besonders auf innovative Datennutzung achten wird. Eden Tech ist führend im Bereich der prädiktiven Analyse und emotionalen KI."

„Wir haben ein paar Ideen dazu", sagte Lukas. „Aber wir wollen sicherstellen, dass die Privatsphäre der Nutzer respektiert wird."

Sarahs Lächeln blieb, aber etwas in ihren Augen veränderte sich. „Natürlich ist Datenschutz wichtig. Aber die besten KI-Systeme profitieren von umfangreichen Daten. Manchmal muss man abwägen zwischen Privatsphäre und Funktionalität."

Sie wünschte ihnen Erfolg und ging zum nächsten Team.

„Hast du das gehört?", flüsterte Lukas. „Es klang fast, als würde sie uns ermutigen, den Datenschutz nicht so ernst zu nehmen."

Mia zuckte mit den Schultern. „Sie hat nicht unrecht, was die Daten angeht. KI braucht Daten zum Lernen. Aber wir können trotzdem einen ethischen Ansatz verfolgen."

Gegen Mitternacht kam Alexander an ihren Tisch geschlendert. Er sah frisch aus, als hätte er gerade erst begonnen.

„Wie läuft's bei den Idealisten?", fragte er. „Noch dabei, die Welt zu retten?"

„Wir machen Fortschritte", antwortete Lukas kühl. „Und bei dir?"

Alexander grinste. „Ich entwickle eine KI, die Nutzerverhalten vorhersagen kann, bevor sie selbst wissen, was sie wollen. Die Eden-Tech-Mentoren sind begeistert."

„Woher bekommst du die Daten?", fragte Mia.

„Einen Testdatensatz. Anonymisierte Nutzerdaten von einer ihrer bestehenden Apps." Er machte eine lässige Handbewegung. „Nichts Illegales."

„Und die Nutzer haben zugestimmt, dass ihre Daten für solche Zwecke verwendet werden?"

Alexander lachte. „Wer liest schon die Nutzungsbedingungen? Technisch gesehen haben sie zugestimmt." Er klopfte Lukas auf die Schulter. „Viel Glück mit eurem Projekt. Ihr werdet es brauchen."

Er ging zurück zu seinem Platz, wo zwei Eden-Tech-Mentoren auf ihn warteten.

Sie arbeiteten die ganze Nacht. Verfeinerten den Algorithmus. Überarbeiteten die Benutzeroberfläche. Gegen Morgen hatten sie eine funktionsfähige Version.

*ConnectForGood 1.0.*

Die Praesentationen begannen am Nachmittag. Fünf Minuten pro Team. Lukas erklärte das Konzept, während Mia eine Live-Demo durchfuehrte.

„ConnectForGood nutzt maschinelles Lernen, um Menschen mit komplementären Fähigkeiten und gemeinsamen Interessen zusammenzubringen", sagte Lukas. „Aber im Gegensatz zu herkoemmlichen sozialen Netzwerken liegt unser Fokus auf konkreten Projekten, die einen positiven Einfluss haben."

Er erklärte, wie ihr Algorithmus Fähigkeiten, Interessen und Verfügbarkeit analysierte. „Und das Wichtigste: Wir respektieren die Privatsphäre der Nutzer. Alle Daten werden lokal auf den Geraeten verarbeitet."

Hoeflicher Applaus.

Alexander war einer der letzten Praesentatoren. Seine Anwendung hieß „PreCog",eine offensichtliche Anspielung auf Minority Report.

„Stellen Sie sich vor", sagte er mit einem charismatischen Lächeln, „eine App, die weiß, was Sie wollen, bevor Sie es selbst wissen. Keine Zeitverschwendung mehr mit Suchen. PreCog liefert Ihnen genau das, was Sie brauchen, genau dann, wenn Sie es brauchen."

Seine Demo war makellos. Die Eden-Tech-Vertreter in der Jury stiessen sich an und nickten zufrieden.

Die Preisverleihung. Dr. Marcus Stern, CEO von Eden Tech, trat auf die Bühne. Ein charismatischer Mann in den Vierzigern mit durchdringendem Blick.

„Ich bin beeindruckt von der Kreativitaet, die ich heute gesehen habe", begann er. „Ihr seid die Zukunft der Technologiebranche."

Er sprach über die Vision seines Unternehmens, über die Kraft der Daten, über künstliche Intelligenz. „Bei Eden Tech glauben wir, dass Wissen Macht ist. Unser Logo, der Apfel in Dornen, symbolisiert diese Philosophie: Wissen ist kostbar und muss geschützt werden."

Lukas beobachtete ihn genau. Die Worte klangen gut. Aber irgendetwas stimmte nicht. Die Art, wie Dr. Stern über Daten sprach,als wären sie eine Ressource, die geerntet werden müsste.

„Der dritte Platz geht an Team Quantum für ihre Anwendung zur Optimierung des oeffentlichen Nahverkehrs."

Applaus.

„Der zweite Platz geht an Team ConnectForGood für ihre soziale Vernetzungsplattform mit Fokus auf positive Veränderungen."

Lukas und Mia sahen sich überrascht an. Sie gingen nach vorne und nahmen ihre Urkunde entgegen.

„Herzlichen Glückwunsch", sagte Dr. Stern und schüttelte ihnen die Hand. „Eure Idee hat Potenzial. Mit ein paar Anpassungen könnte sie wirklich erfolgreich sein."

„Anpassungen?"

„Wir können das später besprechen." Dr. Sterns Lächeln zeigte zu viele Zähne. „Und nun zum Gewinner des Hackathons: Alexander Krüger mit PreCog!"

Alexander strahlte, als er auf die Bühne kam.

Nach der Preisverleihung kam Sarah, die Mentorin, zu ihnen.

„Dr. Stern möchte mit euch über eine mögliche Zusammenarbeit sprechen. Eden Tech könnte eure Plattform unterstützen und euch Ressourcen zur Verfügung stellen."

„Natürlich würden das einige Anpassungen erfordern", fuhr sie fort. „Insbesondere in Bezug auf die Datenverarbeitung."

Sie überreichte ihnen eine Visitenkarte. Das Eden-Tech-Logo, der Apfel in Dornen, schien Lukas anzustarren.

„Ich bin nicht sicher", sagte er, als Sarah gegangen war. „Es klingt gut, aber ich habe das Gefühl, dass sie unsere Idee in etwas verwandeln wollen, das wir nicht beabsichtigt haben."

Mia nickte langsam. „Wir können uns zumindest anhören, was sie zu sagen haben."

Die Sonne ging unter, als sie den Coworking-Space verliessen. Lukas blickte auf seine alte Armbanduhr. Fast acht Uhr. Der Tag war lang gewesen. Sie hatten den zweiten Platz belegt, was mehr war, als sie erwartet hatten.

*Warum also dieses ungute Gefühl im Magen?*

„Lass uns etwas essen gehen", schlug Mia vor. „Wir haben es verdient."

Lukas nickte. Aber als sie die Straße entlanggingen, konnte er nicht umhin, sich zu fragen, was hinter dem glaenzenden Aeusseren des Unternehmens mit dem Apfel-in-Dornen-Logo steckte.

Eine Ahnung formte sich in seinem Inneren: Dieser Tag würde mehr verändern, als ihm lieb war.

# Das Angebot

Das Hauptquartier von Eden Tech befand sich am Stadtrand von München. Die geschwungene Glasfassade reflektierte das Sonnenlicht und liess das Gebäude atmen. Über dem Haupteingang prangte das Logo, der Apfel in Dornen.

Lukas und Mia standen vor dem Eingang.

„Für ein Unternehmen, das erst seit ein paar Jahren existiert, haben sie sich schnell etabliert", murmelte Lukas.

Die Lobby war beeindruckend. Hohe Decken, minimalistische Moebel, Große Bildschirme mit Produktdemonstrationen. An der Rezeption wurden sie von einer freundlichen Mitarbeiterin begrüßt.

„Dr. Stern erwartet Sie bereits."

Ein Aufzug brachte sie lautlos in die oberste Etage. Die Türen öffneten sich zu einem weitläufigen Büro mit Panoramafenstern.

Dr. Marcus Stern erhob sich von seinem Schreibtisch. „Willkommen bei Eden Tech!"

Er führte sie zu einer Sitzecke und bot ihnen Getränke an. Dann lehnte er sich zurück und betrachtete sie mit einem durchdringenden Blick.

„Euer Projekt beim Hackathon hat mich wirklich beeindruckt. ConnectForGood hat Potenzial, und ich glaube, dass Eden Tech euch helfen kann, dieses Potenzial voll auszuschöpfen."

„Was stellen Sie sich vor?", fragte Lukas.

„Direkt zur Sache. Das gefaellt mir." Dr. Stern lächelte. „Wir könnten euch Ressourcen, technische Unterstützung und Zugang zu unseren fortschrittlichen KI-Modellen bieten."

„Und der Gegenwert?", fragte Mia.

„Eine Partnerschaft. Eden Tech würde die Mehrheitsanteile an ConnectForGood halten, aber ihr würdet weiterhin die kreativen Koepfe hinter dem Projekt sein."

Lukas runzelte die Stirn. „Was ist mit unserer Vision? ConnectForGood soll Menschen zusammenbringen, um positive Veränderungen zu bewirken, nicht um Daten zu sammeln."

„Natürlich." Dr. Stern nickte. „Eure Vision bleibt intakt. Aber um wirklich erfolgreich zu sein, muesst ihr eure Nutzerbasis verstehen. Und dafür braucht ihr Daten."

Er lehnte sich vor, seine Augen leuchteten. „Stellt euch vor: Mit unseren Analysetools könntet ihr nicht nur Menschen mit aehnlichen Interessen zusammenbringen, sondern ihre Bedürfnisse vorhersehen, bevor sie sie selbst erkennen. Ihr könntet Projekte vorschlagen, die perfekt zu ihren Fähigkeiten passen."

*Verlockend*, dachte Lukas. *Aber zu welchem Preis?*

„Wie würden diese Daten gesammelt und verwendet werden?"

Dr. Stern lehnte sich zurück. „Die technischen Details können wir später besprechen. Grundsaetzlich würden wir anonymisierte Nutzerdaten sammeln, um das Nutzererlebnis zu verbessern."

„Selbst anonymisierte Daten können oft zurückverfolgt werden", hakte Mia nach.

„Ja, das stimmt." Dr. Stern nickte anerkennend. „Aber wir bei Eden Tech nehmen den Datenschutz sehr ernst. Wir würden alle geltenden Gesetze einhalten."

Das war keine wirkliche Antwort.

Dr. Stern stand auf und ging zum Fenster. „Seht euch die Stadt an. Millionen von Menschen, die jeden Tag Entscheidungen treffen, ohne zu wissen, was sie wirklich wollen oder brauchen. Wir können ihnen helfen, bessere Entscheidungen zu treffen. Wir können ihnen helfen, ihr volles Potenzial auszuschöpfen."

Sein Gesicht wurde ernst. „Das ist unsere Mission bei Eden Tech. Und ich glaube, dass es auch eure Mission sein könnte."

Lukas fuehlte sich unwohl. Die Art, wie Dr. Stern über Menschen sprach,als wären sie Datenpunkte, die optimiert werden müssten.

„Wir müssen darüber nachdenken", sagte er. „Es ist eine Große Entscheidung."

„Natürlich." Dr. Stern nickte. „Nehmt euch alle Zeit, die ihr braucht. Aber denkt daran: Gelegenheiten wie diese kommen nicht oft."

Auf dem Weg zur U-Bahn schwiegen sie zunächst.

„Was denkst du?", fragte Mia schließlich.

Lukas seufzte. „Einerseits ist es eine unglaubliche Chance. Andererseits scheinen sie eine andere Vision zu haben als wir."

„Genau. Sie sprechen von Datensammlung und Vorhersagen, während wir von Gemeinschaft und positiver Veränderung sprechen."

Der Zug fuhr ein. Sie stiegen ein.

„Weisst du, was mich am meisten stört?", sagte Lukas. „Dieses Logo. Der Apfel in Dornen. In der biblischen Geschichte ist der Apfel ein Symbol für verbotenes Wissen, für die Vertreibung aus dem Paradies. Warum würde ein Unternehmen ein solches Symbol wählen?"

Mia lächelte. „Vielleicht denkst du zu viel nach."

„Vielleicht. Aber Symbole haben Bedeutung."

# Die Entscheidung

Die Wochen vergingen. Lukas und Mia hatten bewusst Abstand zu Eden Tech gehalten. Stattdessen arbeiteten sie an ConnectForGood in ihrer Freizeit. Professor Hartmann erwies sich als wertvoller Mentor.

An einem kuehlen Herbsttag sassen sie in der Universitaetsbibliothek, als Alexander Krüger sich zu ihnen setzte. Er sah müde aus, aber zufrieden.

„Die Idealisten bei der Arbeit." Sein Lächeln war nicht ganz spöttisch. „Wie läuft euer Projekt?"

„Gut", antwortete Lukas. „Und bei Eden Tech?"

Alexander lehnte sich zurück. „Intensiv. Anspruchsvoll. Aber auch unglaublich aufregend." Er sah sich um und senkte die Stimme. „Wir entwickeln eine neue Art von KI. Eine, die nicht nur Muster erkennt, sondern die tatsächlich... fühlt."

„Fuehlt?"

„Emotionale Intelligenz. Die Fähigkeit, menschliche Emotionen nicht nur zu erkennen, sondern zu verstehen und darauf zu reagieren." Alexanders Augen glänzten. „Stellt euch vor: Eine KI, die weiß, wie ihr euch fühlt. Die eure Stimmungen und Bedürfnisse versteht. Die euch besser kennt als ihr selbst."

„Das klingt beunruhigend", sagte Lukas.

„Das würde ein Idealist sagen." Alexander lachte. „Aber denk an die Möglichkeiten! Eine KI, die depressive Verstimmungen erkennen kann, bevor sie zu einer klinischen Depression werden. Die Konflikte vorhersehen und entschaerfen kann."

„Und woher bekommt diese KI all diese Informationen?"

„Daten. Tonnen von Daten. Textnachrichten, Gesichtsausdruecke, Stimmanalysen, Herzfrequenz, Hautleitfaehigkeit."

„Mit Zustimmung der Nutzer?"

„Natürlich." Alexanders Blick wanderte kurz zur Seite. „Die Nutzer stimmen den Nutzungsbedingungen zu."

„Die niemand liest", murmelte Mia.

Alexander seufzte. „Manchmal muss man das groessere Bild sehen. Die Vorteile überwiegen bei Weitem die Risiken."

„Und wer entscheidet das?", fragte Lukas. „Wer entscheidet, welche Daten gesammelt werden?"

„Im Moment? Eden Tech." Alexander stand auf. „Uebrigens, Dr. Stern fragt sich, ob ihr schon eine Entscheidung getroffen habt."

„Wir arbeiten daran."

„Wartet nicht zu lange. In unserer Branche bewegen sich die Dinge schnell."

Als Alexander gegangen war, sahen Lukas und Mia sich an.

„Wir sollten mit Professor Hartmann sprechen", sagte Mia.

Professor Hartmanns Büro war ein Chaos aus Büchern und Papieren. Er hörte aufmerksam zu, während sie von Eden Tech erzaehlten.

„Ich kenne Dr. Stern", sagte er nachdenklich. „Wir haben vor einigen Jahren zusammengearbeitet, bevor er Eden Tech gruendete. Er ist brillant. Und seine Vision einer KI, die menschliche Emotionen versteht, ist nicht neu. Wir haben oft darüber diskutiert."

Er machte eine Pause. „Für mich wurde Ethik zur Grenze. Für ihn zum Werkzeug."

„Was würden Sie an unserer Stelle tun?", fragte Mia.

„Ich kann euch diese Entscheidung nicht abnehmen. Aber ich kann euch raten, euren Instinkten zu vertrauen. Wenn etwas sich nicht richtig anfuehlt, gibt es wahrscheinlich einen guten Grund dafür."

Später schlenderten sie durch den Park. Die Blaetter hatten sich bereits verfärbt.

„Ich glaube, wir sollten das Angebot ablehnen", sagte Lukas.

„Wirklich?"

„Eden Tech würde die Kontrolle über ConnectForGood übernehmen. Sie würden entscheiden, wie es sich entwickelt. Und ihre Vision stimmt nicht mit unserer überein."

Mia nickte langsam. „Die Alternative ist schwierig."

„Schwierig, aber nicht unmöglich." Lukas blieb stehen. „Wir haben die Fähigkeiten. Wir haben die Vision. Und wir haben etwas, das Eden Tech nicht hat: ein echtes Engagement für die Privatsphäre der Nutzer."

Mia lächelte. „Der Idealist in Aktion."

„Lass uns ConnectForGood auf unsere Weise aufbauen. Langsamer vielleicht, kleiner vielleicht, aber mit Integritaet."

Sie schüttelten sich die Hände.

Am nächsten Tag schrieben sie eine hoefliche E-Mail an Dr. Stern. Die Antwort kam prompt:

*„Die Türen von Eden Tech stehen euch immer offen, solltet ihr eure Meinung ändern. Die Zukunft gehört denen, die bereit sind, mutige Entscheidungen zu treffen.,M.S."*

Eine freundliche Geste oder eine subtile Warnung?

# Fünf Jahre später

Frühling 2030.

Lukas stand auf dem Balkon seiner kleinen Wohnung und blickte auf die Stadt hinunter. Fünf Jahre waren vergangen. Er hatte seinen Bachelor mit Auszeichnung abgeschlossen und stand kurz vor dem Abschluss seines Masters.

ConnectForGood hatte sich zu einer kleinen, aber wachsenden Plattform entwickelt.

Sein Smartphone vibrierte. Eine Nachricht von Mia:

*„Große Neuigkeiten! Ruf mich an, sobald du kannst."*

Er wählte ihre Nummer.

„Lukas! Du wirst nicht glauben, was passiert ist! Erinnerst du dich an den Wettbewerb für soziale Innovationen? Wir haben gewonnen! Hauptpreis! Fuenfzigtausend Euro Startkapital und ein Jahr Mentoring!"

Stille.

„Lukas? Bist du noch dran?"

„Ich... das ist unglaublich." Seine Stimme war heiser. „Bist du sicher?"

„Hundertprozentig! Sie wollen uns nächste Woche bei der Preisverleihung in Berlin haben!"

Lukas spürte, wie etwas in seiner Brust aufbrach. Nach Jahren des Kampfes. Der späten Nächte. Der begrenzten Ressourcen.

„Das müssen wir feiern", sagte er. „Treffen wir uns im Café am Park."

Sein Blick wanderte zum Horizont, wo das Hauptquartier von Eden Tech aufragte, größer als je zuvor. Ihr Flaggschiff, eine KI-Assistentin namens „Eva", war in Millionen von Haushalten präsent.

Alexander war zu einem Wunderkind der Tech-Szene geworden. Sein Gesicht lächelte von Werbeplakaten und Technologiemagazinen.

*Haben wir einen Fehler gemacht?*

Aber dann erinnerte sich Lukas an die Berichte über die aggressiven Datensammlungspraktiken. Die undurchsichtigen Nutzungsbedingungen. Die Geruechte über Experimente mit emotionaler Manipulation.

*Nein. Wir haben die richtige Entscheidung getroffen.*

Am Abend stiessen sie im Café mit Sekt an.

„Mit dem Preisgeld können wir endlich einen Entwickler einstellen", sagte Mia aufgeregt. „Und vielleicht ein kleines Büro mieten."

„Und die Serverkapazitaet erhöhen."

Sie diskutierten bis spät in die Nacht.

Als Lukas später in seiner Wohnung ankam, bemerkte er ein Paket vor seiner Tür. Kein Absender. Nur sein Name in eleganter Schrift.

Er öffnete es.

Ein glaenzender roter Apfel. Eine Karte mit dem Eden-Tech-Logo.

*„Herzlichen Glückwunsch zum Gewinn des Innovationspreises. Die Tür steht immer offen.,M.S."*

Lukas starrte auf die Karte.

*Woher wusste Dr. Stern von ihrem Gewinn? Die offizielle Bekanntgabe sollte erst nächste Woche erfolgen.*

Er nahm den Apfel und warf ihn in den Müll. Dann setzte er sich an seinen Computer und begann zu arbeiten.

Die Preisverleihung in Berlin war ein glamouroeses Ereignis. Lukas im Anzug, Mia in einem eleganten Kleid. Als sie auf die Bühne gerufen wurden, verschwand ihre Nervositaet.

„ConnectForGood repräsentiert eine neue Generation von Technologieunternehmen", verkündete die Jury-Vorsitzende. „Eine, die Profit nicht über Menschen stellt."

Tosender Applaus.

Beim anschliessenden Empfang wurden sie von Gratulanten umringt. Inmitten des Trubels bemerkte Lukas eine vertraute Gestalt am Rande des Saals.

Alexander Krüger. Elegant in einem massgeschneiderten Anzug. Ein undurchschaubares Lächeln.

Lukas ging zu ihm hinueber.

„Alexander. Ich hätte nicht erwartet, dich hier zu sehen."

„Herzlichen Glückwunsch, Lukas." Alexander hob sein Champagnerglas. „Ein wohlverdienter Sieg."

„Wenn das ein weiteres Uebernahmeangebot ist, die Antwort ist immer noch nein."

Alexander lachte leise. „Immer noch der Idealist. Nein, ich wollte nur sehen, wie ihr euch entwickelt habt." Er nahm einen Schluck Champagner. „Weisst du, manchmal frage ich mich, wie es gewesen wäre, wenn ihr damals ja gesagt haettet."

„Wir bauen etwas Grosses auf. Auf unsere Weise."

„Natürlich." Alexander nickte. „Aber die Welt verändert sich schnell. Unsere neueste Innovation... sie wird die Art, wie Menschen mit Technologie interagieren, grundlegend verändern."

„Was meinst du damit?"

Alexander tippte sich an die Schlaefe. „Die letzte Grenze. Die direkte Verbindung zwischen Mensch und Maschine. Gehirn-Computer-Schnittstellen."

Lukas spürte, wie sich sein Magen zusammenzog. „Ihr experimentiert mit direkten neuronalen Verbindungen? Das ist gefaehrlich. Die ethischen Implikationen –"

„Ethik." Alexander seufzte. „Immer wieder Ethik. Weisst du, was das Problem mit Ethik ist? Sie ist subjektiv."

Er lehnte sich näher. „Stell dir vor: Eine Welt, in der du nicht mehr tippen oder sprechen musst. Eine Welt, in der deine Gedanken ausreichen. Keine Barrieren zwischen Mensch und Technologie."

„Eine Welt, in der Eden Tech direkten Zugang zu deinen Gedanken hat", konterte Lukas. „Nein, danke."

„Du siehst immer nur die Risiken." Alexander schüttelte den Kopf. „Das war schon immer dein Problem."

„Und du siehst nie die Menschen hinter den Daten. Das ist deins."

Schweigen.

„Nun", sagte Alexander schließlich. „Ich sollte gehen. Dr. Stern erwartet meinen Bericht."

Er reichte Lukas seine Visitenkarte. „Falls du deine Meinung aenderst."

Mit diesen Worten verschwand er in der Menge.

Mia gesellte sich zu Lukas. „Was wollte er?"

„Angeben. Und subtil drohen." Lukas steckte die Visitenkarte ein. „Sie arbeiten an Gehirn-Computer-Schnittstellen. Direkter Zugang zu menschlichen Gedanken."

Mia pfiff leise. „Beunruhigend. Aber nicht überraschend."

Sie nahm seine Hand. „Heute Abend sollten wir feiern. Wir haben gewonnen. Wir haben bewiesen, dass es einen anderen Weg gibt."

Lukas lächelte und drückte ihre Hand.

Später, im Hotelzimmer, konnte er nicht schlafen. Alexanders Worte hallten in seinem Kopf nach.

*Eine Welt ohne Barrieren zwischen Mensch und Technologie.*

Er stand auf und trat ans Fenster. Das naechtliche Berlin lag vor ihm. Irgendwo da draußen arbeiteten Menschen daran, die Zukunft zu gestalten,eine Zukunft, in der die Grenzen zwischen Mensch und Maschine immer mehr verschwammen.

Und hier stand er. Mit einem Preis und einem kleinen Start-up, das versuchte, einen alternativen Weg zu gehen.

*War es naiv zu glauben, dass sie etwas bewirken könnten?*

Vielleicht.

*Aber wenn nicht sie, wer dann?*

Er kehrte ins Bett zurück und schlief endlich ein.

Sein Smartphone leuchtete auf dem Nachttisch. Eine neue Nachricht. Unbekannter Absender.

*„Die Zeit läuft, Lukas. Bald wirst du dich entscheiden müssen. Und diesmal wird die Wahl nicht so einfach sein."*

# Digitale Horizonte

„Die Wachstumskurve sieht gut aus." Lukas navigierte durch die schwebenden Grafiken, die vor ihm in der Luft hingen. „Wir haben die 500.000-Nutzer-Marke geknackt."

Draußen drückte eine Hitzewelle München in den Asphalt. Hier drinnen, in den klimatisierten Büroräumen von Connect-ForGood, existierte der Sommer 2032 nur als Zahl auf dem Thermometer am Fenster.

Mia blickte von ihrem Arbeitsplatz auf. Ihre kurzen schwarzen Haare rahmten ein Gesicht, das Erschöpfung und Triumph zugleich verriet. „Die Engagement-Rate ist höher als je zuvor. Die Menschen bleiben."

Zwei Jahre seit dem Innovationspreis. Aus dem studentischen Projekt war ein Start-up mit eigenem Team geworden, mit Büroräumen und einer Technologie, die Menschen für soziale und ökologische Projekte zusammenbrachte.

Lukas rieb sich die Augen. Der neue Matching-Algorithmus hatte ihn die halbe Nacht gekostet.

„Alles in Ordnung?"

„Müde. Aber ich glaube, wir können die Genauigkeit um weitere fünfzehn Prozent verbessern. Ohne mehr Nutzerdaten."

„Die meisten Unternehmen würden einfach mehr Daten sammeln."

„Die meisten Unternehmen sind nicht wir."

Die Bürotür schwang auf. Elena Santos, ihre Neurowissenschaftlerin, stürmte herein, ein Tablet in der Hand. „Habt ihr die Nachrichten gesehen? Eden Tech. Sie nennen es Neuro-Bridge."

Lukas' Magen zog sich zusammen. Eden Tech,in den letzten Jahren zum mächtigsten Technologiekonzern der Welt aufgestiegen. Politisch hofiert, wirtschaftlich unantastbar. Ihr CEO, Dr. Marcus Stern, wurde als visionärer Genius gefeiert oder als skrupelloser Datenkrake verdammt, je nach Perspektive.

Elena reichte ihm das Tablet. Auf dem Bildschirm: ein Livestream. Dr. Stern auf einer futuristischen Bühne, hinter ihm der Apfel in Dornen.

„...revolutioniert die Art und Weise, wie wir mit Technologie interagieren", sagte er gerade. „Keine Tastaturen mehr. Keine Sprachbefehle. Nur Gedanken."

Die Kamera schwenkte zu einem jungen Mann mit einem schlanken Stirnband. Ohne ein Wort, ohne eine Bewegung schrieb er Texte, navigierte durch Anwendungen, steuerte ein virtuelles Fahrzeug.

„NeuroBridge liest nicht Ihre Gedanken", fuhr Dr. Stern fort. „Es erkennt Muster in Ihrer Gehirnaktivität. Ihre privaten Gedanken bleiben privat."

Lukas gab das Tablet zurück. „Alexander hatte recht. Sie haben es geschafft."

„Technisch beeindruckend", sagte Mia. „Die Implikationen für Menschen mit Behinderungen könnten enorm sein."

Elena schüttelte den Kopf. „Die Grenze zwischen ‚Absichten erkennen' und ‚Gedanken lesen' ist fließender, als die meisten denken."

Lukas ging zum Fenster. Die Stadt pulsierte, selbstfahrende Autos, Lieferdrohnen, Menschen mit AR-Brillen, die durch unsichtbare Welten navigierten. Und nun würde Eden Tech eine weitere Schicht hinzufügen. Intimer. Tiefer.

„Wir sollten Professor Hartmann kontaktieren", sagte er. „Wenn jemand die ethischen Implikationen versteht, dann er."

„Ich rufe ihn an." Mia stand auf. „Aber Lukas, das ändert nichts an unserem Weg."

„Natürlich nicht."

Aber Zweifel nagten an ihm. Konnten sie mit Giganten wie Eden Tech konkurrieren? War ihr Ansatz, langsamer, ethischer, menschenzentrierter, noch relevant in einer Welt, die sich so schnell veränderte?

Die Türklingel unterbrach seine Gedanken. Ein Kurier. „Lieferung für Lukas Weber."

Ein elegantes schwarzes Kästchen mit dem Eden-Tech-Logo. Darin: ein NeuroBridge-Stirnband. Schlank. Futuristisch. Und eine handgeschriebene Notiz:

*Die Zukunft wartet nicht. Probier es aus.,A.K.*

Alexander Krüger. Einst sein Rivale an der Universität. Nun einer der leitenden Entwickler bei Eden Tech.

Lukas legte das Stirnband zurück. „Es scheint, als hätten wir die Aufmerksamkeit der Großen geweckt."

Die Botschaft war klar: Eden Tech beobachtete sie. Und sie waren immer einen Schritt voraus.

Ein Jahr später trugen Millionen Menschen weltweit die schlanken Stirnbänder.

Neue Berufe entstanden: NeuroBridge-Trainer, Neuro-Designer, Neuro-Therapeuten. Andere verschwanden. Warum einen Assistenten einstellen, wenn ein Gedanke genügte? Warum ein Geschäft besuchen, wenn man virtuell einkaufen konnte?

ConnectForGood wuchs weiter. Langsamer. Die Menschen schienen weniger interessiert an echten Verbindungen, mehr fasziniert von den Möglichkeiten der Gedankensteuerung.

Lukas saß in seinem Apartment und starrte auf die Neuro-Bridge-Box, die seit einem Jahr ungeöffnet auf seinem Regal stand. Er hatte geschworen, sie nicht zu benutzen. Aber manchmal, in Momenten der Schwäche, fragte er sich, wie es sich anfühlen würde.

Ein Klopfen. Elena, mit Forschungspapieren und einer Flasche Wein. Ihre kritischen Analysen zu NeuroBridge hatten internationale Beachtung gefunden, auch wenn Eden Tech versuchte, sie als irrelevante Außenseiterin darzustellen.

„Professor Hartmanns Team hat einige interessante Entdeckungen gemacht", sagte sie und breitete die Papiere auf seinem Küchentisch aus.

„Wie interessant?"

Sie zeigte auf ein Diagramm. „Das Gerät sammelt weit mehr Daten, als Eden Tech zugibt. Emotionale Zustände. Stresslevel. Muster, die mit bestimmten Arten von Gedanken korrelieren."

„Es kann Gedanken lesen?"

„Nicht den Inhalt. Aber es erkennt, *worüber* du nachdenkst. Essen. Reisen. Beziehungen. Und mit der Zeit wird es besser darin."

Lukas griff nach dem Weinglas. „Das ist genau das, wovor wir gewarnt haben."

„Es kommt schlimmer." Elena senkte die Stimme. „Es gibt Hinweise, dass NeuroBridge auch subtile Beeinflussungen vornehmen kann."

„Beeinflussungen?"

„Bestimmte Gedankenmuster verstärken oder abschwächen. Nichts Drastisches, du würdest es kaum bemerken. Aber über

Zeit könnte es deine Präferenzen verändern, deine Entscheidungen, sogar deine Emotionen."

Lukas starrte auf die Box auf seinem Regal. „Das ist Gedankenmanipulation."

„Potenziell. Wir haben keine Beweise, dass sie diese Fähigkeit aktiv nutzen."

*Noch nicht*, dachte er. *Noch nicht.*

Sie arbeiteten bis spät, gingen die Forschungsergebnisse durch. Irgendwann, nach dem zweiten Glas, wandte sich das Gespräch persönlicheren Themen zu.

„Wie geht es dir wirklich?", fragte Elena.

Er seufzte. „Wir wachsen, aber nicht schnell genug. Manchmal fühlt es sich an, als würden wir gegen Windmühlen kämpfen."

„Ihr macht einen Unterschied. Auf eine nachhaltigere Weise. Das ist wichtig."

„Ist es das?" Ein Hauch von Bitterkeit. „Die Welt bewegt sich in eine bestimmte Richtung. Wir schwimmen gegen den Strom."

Elena legte ihre Hand auf seine. „Der Strom ist nicht immer richtig. Manchmal braucht es nur ein paar mutige Menschen, die gegen ihn schwimmen, um seinen Lauf zu ändern."

Ihre Augen trafen sich.

Das Klingeln seines Smartphones zerbrach den Moment. Mia.

„Du musst dir das ansehen." Ihre Stimme war angespannt. „Eden Tech hat eine neue Abteilung gegründet. Social Connection Technologies. Eine Plattform, die Menschen mit ähnlichen Interessen und komplementären Fähigkeiten für Projekte zusammenbringt."

„Das klingt nach ConnectForGood."

„Es *ist* ConnectForGood. Aber mit Eden Techs Ressourcen und NeuroBridge-Integration. Sie kopieren uns, Lukas. Und sie werden uns überholen, bevor wir blinzeln können."

Nach dem Anruf saßen sie schweigend da.

„Das war zu erwarten", sagte Elena. „Sie haben schon immer innovative Ideen aufgekauft oder kopiert."

„Aber warum jetzt? Wir sind kaum eine Bedrohung."

„Vielleicht geht es nicht um Wettbewerb. Eure Vision steht im Widerspruch zu ihrem Modell. Sie wollen nicht nur dominieren, sie wollen die Narrative kontrollieren."

Lukas nickte langsam. Das machte Sinn.

„Was werden wir tun?"

Er blickte zur NeuroBridge-Box, dann zurück zu Elena. In ihren Augen sah er Sorge, aber auch Entschlossenheit.

„Wir werden kämpfen. Nicht gegen Eden Tech direkt, das wäre Selbstmord. Aber wir werden unsere Vision verteidigen."

Er stand auf, ging zum Regal, nahm die Box. Eine entschlossene Bewegung. Der Mülleimerdeckel klappte.

„Wir fangen damit an, dass wir uns weigern, Teil ihres Ökosystems zu sein."

Elena lächelte. „Das ist der Lukas Weber, den ich kenne."

Als sie später ging, hielt die Umarmung länger als nötig.

# Frühling 2035.

ConnectForGood hatte seine Nische gefunden,die ethische Alternative. Kleiner, aber loyaler. Menschen, die Wert auf Privatsphäre legten.

Lukas und Elena waren ein Paar geworden. An einem Maimorgen saßen sie in einem Café, genossen die Sonne.

„Die Nutzerzahlen sind stabil", sagte er. „Nicht spektakulär, aber solide."

„Qualität über Quantität. Unsere Nutzer sind wirklich engagiert."

„Du klingst wie ich vor ein paar Jahren."

„Du hast mich angesteckt." Sie zwinkerte. „Aber im Ernst,was wir aufgebaut haben, ist wichtig. Es hat Integrität."

Sein Smartphone vibrierte. Mia: *Schalte die Nachrichten ein. Jetzt.*

Die Schlagzeilen explodierten über sein Display: *Eden Tech CEO Dr. Marcus Stern tritt zurück. Führungskrise. Aktien stürzen ab.*

Keine Details. Nur Spekulationen. Gesundheitsprobleme. Interne Machtkämpfe.

„Das ist unerwartet", sagte Elena. „Er *war* Eden Tech."

„Und wer übernimmt?" Lukas scrollte weiter. Sein Atem stockte. „Alexander Krüger. Interims-CEO."

„Dein alter Rivale."

Das Smartphone vibrierte erneut. Unbekannte Nummer.

„Alexander hier. Ich nehme an, du hast die Nachrichten gesehen."

„Gratulation... denke ich?"

Ein leises Lachen. „Es ist eine interessante Situation. Ich würde gerne mit dir sprechen. Persönlich. Die Zukunft von Eden Tech. Und möglicherweise die Zukunft von ConnectForGood."

„Worum geht es genau?"

„Das besprechen wir besser persönlich. Morgen, vierzehn Uhr, mein Büro. Bring Mia mit. Und deine Partnerin."

Eine Pause.

„Es ist wichtig, Lukas."

Am nächsten Tag: das imposante Eden-Tech-Hauptquartier. Das Logo überall, der Apfel in Dornen.

Alexanders Büro trug noch die klinische Ästhetik seines Vorgängers. Er selbst hatte sich verändert. Reifer. Selbstbewusster.

Eine Aura von Macht. Aber in seinen Augen erkannte Lukas noch den ehrgeizigen Studenten.

„Die Dinge bei Eden Tech ändern sich", sagte Alexander ohne Umschweife. „Dr. Sterns Rücktritt war nicht ganz freiwillig. Es gab interne Konflikte über NeuroBridge und die Datennutzung."

„Inwiefern?"

„Er wollte weiter gehen, als viele für ethisch vertretbar hielten. Der Vorstand hat eingegriffen."

Stille.

Alexander lehnte sich vor. „Ich habe eine Vision. Technologie und Ethik vereint. Innovation, ohne Privatsphäre zu opfern." Seine Augen leuchteten. „Und ich glaube, ConnectForGood könnte Teil dieser Vision sein. Nicht als Übernahme. Als Partner."

Lukas war sprachlos.

„Du willst mit uns zusammenarbeiten? Nach all den Jahren?"

„Die Menschen werden zunehmend besorgt über Datenschutz. Eden Tech muss sich anpassen. Und ihr habt bewiesen, dass euer Modell funktioniert. Zusammen könnten wir etwas Revolutionäres schaffen."

„Eine strategische Partnerschaft", erklärte Alexander. „Wir investieren, geben euch Zugang zu unserer Infrastruktur. Ihr helft uns, ethischere Praktiken zu entwickeln. Ihr behaltet eure Unabhängigkeit."

„Und NeuroBridge? Die Manipulation?"

„Wir würden es überarbeiten. Transparenter. Mehr Nutzer-kontrolle. Die Datensammlung einschränken. Manipulation beenden."

„Warum sollten wir dir vertrauen?"

Alexander hielt seinem Blick stand. „Weil ich mich verändert habe. Weil ich gesehen habe, wohin Dr. Sterns Vision führt." Er ging zum Fenster. „Ich biete vollständige Transparenz. Zugang zu Forschungsdaten, Entwicklungsplänen, dem Neuro-Bridge-Quellcode. Ihr könnt alles prüfen."

Nach dem Treffen diskutierten sie bis spät in die Nacht. Drei Wochen Recherche folgten. Was sie fanden: Die Datensamm-lung war so invasiv wie befürchtet. Aber es gab interne Debat-ten, Mitarbeiter mit Bedenken, wachsenden Widerstand.

Und etwas Beunruhigenderes: Pläne für die nächste Neuro-Bridge-Generation. Aktive Beeinflussung. Die Grenze zwi-schen Mensch und Maschine weiter verwischend.

Sie trafen Alexander erneut. Ein neutrales Restaurant am Stadtrand.

„Wir haben einen Gegenvorschlag", sagte Lukas. „Keine voll-ständige Partnerschaft, noch nicht. Ein gemeinsames Pilotpro-jekt. Ethisches Redesign von NeuroBridge."

Alexander hörte zu, während Lukas die Details erläuterte: Mi-nimale Datensammlung. Vollständige Nutzerkontrolle. Keine Manipulation.

„Der Vorstand wird Fragen haben", sagte Alexander. „Aber ich kann sie überzeugen."

Er streckte die Hand aus. „Lasst uns die Zukunft neu gestalten."

Lukas zögerte. Dann griff er zu.

# Winter 2037. Weihnachten.

NeuroBridge 2.0 war ein Erfolg geworden. Transparenter. Ethischer. Der Kampf hatte Narben hinterlassen, Widerstände im Vorstand, Kritik von Nutzern, die die alte Bequemlichkeit vermissten. Aber Alexander hatte Wort gehalten.

ConnectForGood war gewachsen. Nicht mehr nur eine Alternative, sondern ein ernstzunehmender Player.

Ihr Haus war voller Gäste. Mia und ihr Partner. Professor Hartmann, so energiegeladen wie eh und je. Lachen und Gespräche erfüllten die Räume.

Dann: Alexander an der Tür. Ein Geschenk in der Hand, ein unsicheres Lächeln.

„Ich hoffe, ich störe nicht."

„Komm rein. Es ist kalt draußen."

Elena führte ihn ins Gespräch. Später am Abend zog Alexander Lukas beiseite.

„Ich habe Neuigkeiten. Gute und komplizierte."

„Lass hören."

„Der Vorstand hat das Budget für ethische KI verdoppelt. Dein Team bekommt alle Ressourcen."

„Und die komplizierten?"

Alexander seufzte. „Dr. Stern ist zurück. Nicht bei Eden Tech,aber er hat ein neues Unternehmen gegründet. Neuro-Sphere. Sie arbeiten an etwas Ähnlichem wie dem, was er bei uns plante."

Lukas' Magen verkrampfte sich. „Hast du Details?"

„Gerüchte. Sie rekrutieren aggressiv. Haben bereits beträchtliche Investitionen."

„Ein neuer Konkurrent."

„Mehr als das. Ein ideologischer Gegner. Dr. Stern verkraftet keine Niederlagen. Er sieht unsere Partnerschaft als Verrat."

Die anderen mussten informiert werden. Als Lukas die Neuigkeit teilte, sah er Besorgnis in ihren Gesichtern. Aber auch Entschlossenheit.

„Unser Kampf ist noch nicht vorbei", sagte Professor Hartmann. „Vielleicht hat er gerade erst begonnen."

„Aber diesmal sind wir besser vorbereitet", fügte Mia hinzu.

„Und wir haben einander", sagte Elena. „Das ist mehr wert als alles andere."

Später auf der Veranda. Sternenklare Winternacht.

„Ein neues Kapitel beginnt", sagte Elena. „Bist du bereit?"

Lukas dachte an alles, was hinter ihnen lag. An den idealistischen Studenten, der er gewesen war. An den Mann, zu dem er geworden war.

„Mit dir an meiner Seite? Immer."

Sie gingen zurück in die Wärme. Der Kampf um die digitale Zukunft war nicht entschieden. Aber sie hatten etwas Wichtiges gewonnen: die Erkenntnis, dass es immer einen anderen Weg gab.

# Sommer 2038

Europa brannte unter einer Hitzewelle. In der ConnectFor-Good-Zentrale, ein ganzes Stockwerk im Herzen Münchens, bereitete sich Lukas auf die Pressekonferenz vor.

Elena trat ein. „Die Journalisten treffen ein. Und Alexander sieht besorgt aus."

Im Konferenzraum ging Alexander auf und ab. Als er Lukas sah, zog er ihn sofort beiseite.

„NeuroSphere hat ihr erstes Produkt angekündigt. Mind-Meld."

Ein Video. Dr. Stern auf einer Bühne. Ein Implantat hinter dem Ohr. Direkte neuronale Verbindungen.

„Keine externen Geräte mehr", erklärte Dr. Stern. „Ein diskretes Implantat. Permanente Verbindung zwischen Ihrem Geist und der digitalen Welt."

Der Demonstrator auf der Bühne steuerte Geräte mit Gedanken. Kommunizierte mit anderen Implantaten. Teilte Sinneseindrücke.

„Stellen Sie sich vor, nicht nur Nachrichten zu senden, sondern Gefühle. Erfahrungen. Erinnerungen."

Stille, als das Video endete.

„Die Technologie ist beeindruckend", sagte Elena. „Aber die ethischen Implikationen,direkte neuronale Verbindungen, geteilte Emotionen,die Missbrauchspotenziale sind endlos."

„Er hat alle Bedenken beiseitegewischt", nickte Alexander. „Maximale Integration, maximale Datensammlung, maximaler Einfluss."

„Wann kommt es auf den Markt?"

„In sechs Monaten. Über zehntausend Beta-Tester laufen bereits."

Die Pressekonferenz verlief trotz der Ablenkung erfolgreich. Aber die Fragen zu MindMeld dominierten.

„Ja, MindMeld ist technologisch beeindruckend", sagte Lukas. „Aber wir glauben, dass Technologie dem Menschen dienen sollte, nicht umgekehrt."

Später, im kleinen Kreis: „Wir müssen die Debatte umgestalten", sagte Lukas. „Es geht nicht darum, wer die fortschrittlichste Technologie hat. Sondern welche Zukunft wir wollen."

„Ein Manifest", schlug er vor. „Eine Erklärung der digitalen Rechte."

Die Idee nahm Form an. Datensouveränität. Transparenz. Nutzerautonomie. Prinzipien, die sie seit Jahren verfochten.

Auf der Heimfahrt sagte Elena: „Manchmal frage ich mich, ob wir nicht naiv sind. Dr. Stern hat Milliarden, politischen Einfluss. Und wir? Prinzipien."

„Unterschätze nie die Macht von Prinzipien", erwiderte Lukas. „Sie haben Revolutionen angetrieben. Imperien gestürzt."

Er nahm ihre Hand. „Außerdem haben wir etwas, das Dr. Stern nie haben wird: echte Verbindungen. Durch Vertrauen, nicht durch Implantate."

„Der ewige Idealist."

„Jemand muss es sein."

Zu Hause wartete eine Nachricht auf dem Anrufbeantworter. Elenas Arzt.

Die Ergebnisse waren da.

Elena war schwanger.

Inmitten aller Turbulenzen erinnerte sie dieses kleine Wunder daran, worum es wirklich ging. Die menschliche Zukunft.

Lukas schwor sich im Stillen: Er würde alles tun, um eine Welt zu schaffen, in der sein Kind frei sein würde. Frei von Überwachung. Frei von Manipulation. Frei, sein eigenes Schicksal zu wählen.

Der Kampf gegen NeuroSphere war nun persönlich.

Es würde kein leichter Kampf werden. Aber einer, der es wert war.

Draußen versank die Stadt in der Abenddämmerung. Drinnen, in der Wärme ihres Zuhauses, hielten sie sich fest,und blickten in eine Zukunft, die sie noch nicht kannten, aber zu gestalten bereit waren.

# Zwischen den Welten

Sophie schrie. Nicht vor Schmerz, sondern vor Leben. Ihr erster Atemzug hallte durch den Kreißsaal wie ein Versprechen.

Lukas hielt das Bündel in seinen Armen. Drei Kilogramm, die sein ganzes Universum verschoben. Die winzigen Finger schlossen sich um seinen Daumen. Sein Hals wurde eng.

„Sie hat deine Augen", flüsterte Elena vom Bett aus. Schweißnass. Erschöpft. Strahlend.

„Und deinen Blick." Lukas strich über die weiche Stirn. „Den, der die Welt nicht fragt, ob sie sich ändern will."

Die nächsten Monate verschwammen zu einem Rhythmus aus Nachtfütterungen, ersten Lächeln und dieser seltsamen Erschöpfung, die sich anfühlte wie Glück. Lukas und Elena teilten sich die Elternzeit, ein Privileg, das sie ihren Unternehmen abgerungen hatten.

ConnectForGood florierte. Die Partnerschaft mit Eden Tech unter Alexanders Führung trug Früchte, auch wenn manche davon bitter schmeckten. Nicht alle Investoren verstanden, warum Ethik wichtiger sein sollte als Quartalsberichte.

Die eigentliche Bedrohung kam von außen.

NeuroSphere expandierte. Dr. Sterns MindMeld-Implantat hatte den Sprung vom Labor in den Mainstream geschafft. Trotz aller Warnungen. Trotz aller Bedenken. Die Verlockung war zu groß: nahtlose Verbindung zwischen Mensch und Maschine. Gedanken, die zu Befehlen wurden. Gefühle, die sich teilen ließen.

Ein Junimorgen. Sophie schlief in ihrer Wiege. Lukas saß auf der Terrasse und scrollte durch die Nachrichten. Ein Artikel über die „Verbundenen",so nannten sich die MindMeld-Nutzer. Sie sprachen von ihrer Technologie wie Gläubige von einer Offenbarung.

„Beunruhigend." Elena trat mit zwei Tassen Kaffee hinaus.

„Mehr als das." Lukas legte das Tablet beiseite. „Es ist ein Kult. Sie reden von ‚wahrer Verbindung'. Als wären alle anderen irgendwie unvollständig."

Elena setzte sich neben ihn. „Erinnert mich an die frühen sozialen Medien. Erst ein Werkzeug, dann ein Lebensstil, dann ein Zwang. Nur invasiver."

„Und gefährlicher. Wir wissen nicht, was diese Implantate langfristig anrichten. Oder welche Daten sie sammeln."

Schweigen. In der Ferne summten Lieferdrohnen.

„Das Manifest?", fragte Elena.

Das „Digitale Rechte Manifest",ihr Versuch, ethische Standards für Neurotechnologie zu etablieren. Eine Antwort auf NeuroSpheres unkontrolliertes Wachstum.

„Wir haben Unterstützer. Tech-Unternehmen, Datenschützer, sogar ein paar Politiker." Lukas trank einen Schluck. „Aber je mehr Menschen MindMeld adoptieren, desto schwerer wird es, Standards durchzusetzen."

„Alexander?"

„Unter Druck. Der Aktienkurs fällt. Der Vorstand drängt ihn zu aggressiveren Produkten. Aber er hält stand."

„Menschen können sich ändern", sagte Elena leise.

„Manche. Andere werden nur extremer."

Sophies Weinen unterbrach sie. Elena ging hinein. Lukas blieb noch einen Moment, den Kaffee zwischen den Händen, den Blick auf dem Garten.

*Was wird Sophie erleben? Welche Welt hinterlassen wir ihr?*

Er stand auf. Genug gegrübelt. Es gab Arbeit.

# Winter 2041. Kälte, die sich bis in die Knochen fraß.

NeuroSphere hatte gewonnen. Die EU-Kommission hatte MindMeld für den breiten Einsatz zugelassen. Trotz aller Proteste. Trotz aller Warnungen.

Lukas starrte auf die Meldung. Die Buchstaben verschwammen vor seinen Augen.

Ein Klopfen. Mia trat ein. Ihr Gesicht verriet alles.

„Ja", sagte Lukas. „Ich weiß."

Sie setzte sich ihm gegenüber. In den letzten Jahren hatte sie Professor Hartmanns Forschungsgruppe übernommen und sich zur führenden Stimme für ethische KI entwickelt.

„Ihre Lobbyarbeit war perfekt", sagte sie. „Jobs, Innovation, Wettbewerbsfähigkeit. Dagegen klingt Vorsicht wie Fortschrittsfeindlichkeit."

„Also was jetzt?" Lukas lehnte sich zurück. „Aufgeben?"

Mia zog ein Tablet aus ihrer Tasche. „Niemals."

Sie reichte es ihm. Diagramme. Spezifikationen. Lukas' Augenbrauen hoben sich.

„Das ist ..."

„NeuroBridge 2.0." Mia lächelte zum ersten Mal. „Nicht invasiv. Keine Implantate. Alle Daten lokal. Volle Nutzerkontrolle."

„Nicht so nahtlos wie MindMeld", gab Lukas zu.

„Aber reversibel. Wenn du aufhören willst, nimmst du es ab. Keine Operation. Keine permanenten Veränderungen."

Lukas studierte die Daten. Das könnte funktionieren. Das musste funktionieren.

„Alexander einbeziehen", entschied er.

Sie trafen sich in den Eden-Tech-Büros. Alexander hatte sich verändert, graue Strähnen im blonden Haar, Falten um die Augen. Die Last der Verantwortung hatte Spuren hinterlassen.

„Ein vielversprechendes Konzept." Er legte das Tablet beiseite. „Aber der Vorstand wird Fragen haben. Kosten. Marktpotenzial. Wettbewerbsfähigkeit."

„Und?", fragte Mia direkt.

„Wir machen es." Keine Pause. Keine Zweifel. „Nicht nur, weil es richtig ist. Sondern weil NeuroSpheres Technologie Risiken birgt. Früher oder später wird es Rückschläge geben. Und dann wollen wir bereit sein."

„Du weißt, dass Dr. Stern dich als Verräter sieht", warnte Lukas.

„Er hat nie verstanden, wofür ich stehe." Alexander stand auf und ging zum Fenster. „Vielleicht ist es Zeit, dass mehr Menschen es erfahren."

Die Monate, die folgten, verschlangen alles. Zeit. Energie. Schlaf. Drei Teams, ConnectForGood, Eden Tech, Mias Forschungsgruppe, rangen mit technischen Problemen, Finanzengpässen und den unvermeidlichen Reibungen verschiedener Arbeitsweisen.

Sophie wuchs. Fast drei Jahre alt. Neugierig. Aufgeweckt. Sie spielte mit holografischen Lernspielen, die Lukas und Elena sorgfältig ausgewählt hatten. Keine Suchtmechanismen. Keine übermäßige Stimulation.

Eines Abends kam Lukas spät nach Hause. Elena saß im Wohnzimmer, ein Glas Wein in der Hand.

„Sophie hat heute etwas Interessantes gesagt." Ihre Stimme war ruhig. Zu ruhig.

Lukas setzte sich. Die Müdigkeit wich einer plötzlichen Wachheit.

„Sie fragte, warum einige Kinder im Kindergarten ,Lichter im Kopf' haben."

*Lichter im Kopf.* Die Worte trafen wie ein Schlag.

„MindMeld-Implantate", erklärte Elena. „Die neue Version hat LEDs, die durch die Haut schimmern. Die Kinder finden es cool."

„Kinder?" Lukas' Stimme war heiser. „Sie implantieren Kindern diese Dinger?"

„Die ,verbundenen Familien'. Ein wachsender Trend."

Schweigen. Das Ticken der Uhr. Das ferne Summen der Stadt.

„Was hast du ihr gesagt?", fragte Lukas.

„Die Wahrheit. Dass manche Menschen Technologie in ihren Körpern haben. Dass wir glauben, sie sollte alt genug sein, um selbst zu entscheiden. Dass es viele Wege gibt, verbunden zu sein."

Lukas nahm ihre Hand. „Perfekt."

„Sie war zufrieden. Vorerst." Elena sah ihn an. „Aber es wird nicht das letzte Mal sein, dass wir dieses Gespräch führen."

„Dann müssen wir NeuroBridge schneller fertigstellen."

„Es geht nicht nur um Technologie, Lukas." Elenas Griff wurde fester. „NeuroSphere verändert nicht nur, wie Menschen mit Maschinen interagieren. Sie verändern, wie Menschen miteinander interagieren. Neue Normen. Neue Erwartungen. Und das ist viel schwerer rückgängig zu machen."

# Sommer 2043. Der Wendepunkt.

NeuroBridge 2.0 stand bereit. Nicht perfekt, kein Produkt war das je –, aber funktional. Ethisch. Eine echte Alternative.

Das Konferenzzentrum in Berlin war bis auf den letzten Platz gefüllt. Journalisten. Experten. Skeptiker. Hoffnungsvolle. Lukas, Alexander und Mia standen gemeinsam auf der Bühne, drei Menschen, deren Wege sich so oft gekreuzt und wieder getrennt hatten.

„Wir stehen an einem Scheideweg." Lukas ließ den Blick über das Publikum schweifen. Viele trugen AR-Brillen. Einige hatten das verräterische Schimmern eines MindMeld-Implantats an der Schläfe. „Neurotechnologie hat uns unglaubliche Möglichkeiten eröffnet. Aber auch Fragen aufgeworfen. Über Privatsphäre. Über Autonomie. Über das, was uns menschlich macht."

Er machte eine Pause. Ließ die Worte sinken.

„NeuroBridge 2.0 ist unsere Antwort. Nicht durch Ablehnung der Technologie. Sondern durch ihre Neugestaltung. Nicht durch Kompromisse bei der Funktionalität. Sondern durch Priorisierung der menschlichen Würde."

Alexander übernahm die technischen Details. Mia sprach über die ethischen Grundsätze. Die Demonstration beeindruckte,Freiwillige steuerten Geräte mit Gedanken, kommunizierten ohne Worte, erlebten erweiterte Realität ohne Bildschirme.

Die Reaktionen waren überwiegend positiv. Aber nicht einhellig.

„Nicht so leistungsfähig wie MindMeld", monierten manche.

„Verhindert wahre Verbindung", klagten die Verbundenen.

Nach der Präsentation zogen sich die drei in einen ruhigen Raum zurück.

„Es lief gut", sagte Mia. „Nicht perfekt, aber gut."

„Die technischen Einwände können wir kontern." Alexander schenkte sich Wasser ein. „Aber die kulturellen? ,Wahre Verbindung'? Das ist wie eine religiöse Debatte."

„Genau das ist es geworden", nickte Mia. „NeuroSphere hat MindMeld nicht nur als Produkt positioniert. Sondern als Philosophie. Fast als Religion."

Ein Klopfen unterbrach sie.

„Dr. Marcus Stern", verkündete der Assistent. „Er sagt, es sei dringend."

Die drei tauschten Blicke aus. Stern? Hier?

„Lass ihn herein", entschied Alexander.

Dr. Stern betrat den Raum mit der Präsenz eines Mannes, der gewohnt war, Räume zu dominieren. Älter als bei ihrer letzten Begegnung, aber die Augen hatten nichts von ihrer Intensität verloren.

„Eine beeindruckende Präsentation." Kein Lächeln. Keine Höflichkeit. „NeuroBridge 2.0. Ein elegantes Produkt."

„Was willst du, Marcus?", fragte Lukas.

„Eine Zusammenarbeit." Das Wort hing in der Luft wie ein Köder. „NeuroBridge könnte in unser Ökosystem integriert werden. Als Einstiegsprodukt für die Zögerlichen. Ihr profitiert von unserer Reichweite. Wir von eurer ... ethischen Glaubwürdigkeit."

„Der Haken?"

„NeuroBridge müsste mit unserem Netzwerk kompatibel sein. Daten teilen. Teil des größeren Ganzen werden."

Mia schüttelte den Kopf. „Das widerspricht allem, wofür NeuroBridge steht."

„Details." Stern winkte ab. „Verhandelbar."

„Und wenn wir ablehnen?", fragte Alexander.

Das Lächeln verschwand aus Sterns Gesicht wie Wasser aus einem Sieb. „Dann bleibt ihr ein Nischenprodukt für Datenschutz-Enthusiasten. Wir gestalten die Zukunft. Denkt darüber nach."

Er ging. Die Tür schloss sich hinter ihm.

„War das eine Drohung?", fragte Mia.

„Eine subtile", nickte Alexander. „Platz am Tisch. Aber zu seinen Bedingungen."

„Wir lehnen ab", sagte Lukas. Keine Frage in seiner Stimme.

„Wir lehnen ab", bestätigte Alexander. „Aber wir müssen vorbereitet sein. Stern akzeptiert keine Ablehnung."

NeuroSphere reagierte. Nicht frontal, subtiler. Preissenkungen. Aggressive Werbung. Gerüchte über angebliche Sicherheitslücken bei NeuroBridge.

NeuroBridge fand seine Nische. Weniger Nutzer als erhofft, aber genug, um weiterzumachen.

Für Sophie wurde der Konflikt konkreter. Mit fünf Jahren kam sie aus der Vorschule nach Hause, das Gesicht gerötet.

„Warum können manche Kinder Gedanken teilen und ich nicht?"

Lukas kniete sich zu ihr herunter. „Was meinst du?"

„Sie haben eine Geheimsprache, Papa. Sie reden, ohne zu sprechen. Und sie sehen Bilder, die ich nicht sehen kann."

*Der exklusive Club. Und Sophie steht draußen.*

„Weißt du, was Papa und sein Team bauen?", fragte er sanft. „Eine Alternative. Du kannst ähnliche Dinge tun. Ohne dass man dir etwas in den Kopf pflanzt."

Sophies Augen wurden groß. „Wirklich?"

„Wirklich. Möchtest du es ausprobieren?"

Sie nickte. Dann zögerte sie. „Aber wenn die anderen mich immer noch auslachen ..."

Elena kniete sich neben Lukas. „Manchmal ist Anderssein der richtige Weg. Auch wenn er nicht der populärste ist."

Sophie dachte nach. Dann nickte sie wieder, entschlossener diesmal.

*Der Kampf um die Zukunft. Er beginnt bei unseren Kindern.*

# Frühling 2046. Die Bombe platzte.

Ein Whistleblower aus NeuroSphere hatte Dokumente geleakt. Die Enthüllungen erschütterten die Branche.

MindMeld tat mehr als angekündigt. Viel mehr. Es sammelte nicht nur Daten,es kategorisierte sie. Erstellte Profile. Vorlieben. Ängste. Wünsche. Politische Ansichten.

Schlimmer noch: Die Implantate konnten Einfluss nehmen. Keine direkte Gedankenkontrolle, aber subtile Anpassungen. Emotionale Steuerung. Kognitive Manipulation.

Lukas erfuhr davon während einer Videokonferenz. Sein Telefon vibrierte. Eine Nachricht. Er las sie zweimal. Dreimal.

Er rief Alexander an.

„Hast du davon gewusst?"

„Gerüchte. Andeutungen." Alexanders Stimme klang hohl. „Aber nichts in diesem Ausmaß."

„Das erklärt die Verbundenen", sagte Lukas. „Die kultartige Hingabe. Die Art, wie sie über ihre Erfahrungen sprechen. Wenn MindMeld ihre Gefühle manipuliert ..."

„Dann ist es kein Kommunikationstool. Es ist ein Kontrollmechanismus."

Sie trafen sich,Lukas, Elena, Alexander, Mia. Vier Menschen in einem Wohnzimmer, während draußen eine Welt ins Wanken geriet.

„Wer ist der Whistleblower?", fragte Mia. „Und warum jetzt?"

„MindMeld 3.0 steht bevor", sagte Elena. „Noch tiefere Integration. Vielleicht hat jemand eine Grenze gezogen."

„Wir müssen vorsichtig sein", warnte Lukas. „Keine Angriffe auf NeuroSphere. Wir konzentrieren uns auf Prinzipien. Transparenz. Kontrolle. Datensouveränität."

Wochen vergingen. Der Skandal wuchs. Anhörungen. Untersuchungen. Debatten ohne Ende.

Dr. Stern blieb trotzig. Bestritt die schwerwiegendsten Vorwürfe. Bestand auf der Sicherheit seiner Technologie.

Dann kam der Anruf.

Eine verschlüsselte Nummer. Eine verzerrte Stimme.

„Herr Weber? Jemand, der Ihre Arbeit bewundert."

Lukas' Finger verkrampften sich um das Telefon. „Wer sind Sie?"

„Einer von innen. Es gibt mehr von uns, als Sie denken."

„Was wollen Sie?"

„Sie warnen." Eine Pause. „Dr. Stern plant etwas Größeres. MindMeld 3.0 ist nur der Anfang. Das Ziel ist ... er nennt es ‚Kollektives Bewusstsein'."

*Kollektives Bewusstsein.* Die Worte klangen wie Science-Fiction. Wie ein Albtraum.

„Vollständige Integration", fuhr die Stimme fort. „Alle Mind-Meld-Nutzer in einem Netzwerk. Geteilte Gedanken. Geteilte Erfahrungen. Geteilte Identität."

„Das ist unmöglich."

„Vor zwanzig Jahren hätte man das über Smartphones gesagt. Oder über KI-Assistenten. Dr. Stern ist entschlossen. Und er hat die Mittel."

Die Verbindung brach ab.

Lukas blieb sitzen. Der Raum schien zu schrumpfen.

*Geteilte Identität. Das Ende des Individuums.*

# Winter 2048. Weihnachten.

Das Haus war warm. Erfüllt von Lachen, Gesprächen, dem Duft von Zimt und Tannennadeln. Sophie, nun zehn, zeigte ihren Freunden die neueste Version von NeuroBridge Junior. Selbstbewusst. Informiert. Stolz auf ihre Wahl.

Lukas beobachtete sie aus der Küche. *So weit gekommen. So viel noch vor uns.*

Die letzten zwei Jahre hatten Narben hinterlassen. Der Skandal hatte zu strengeren Regulierungen geführt,aber nicht zu der grundlegenden Reform, die nötig gewesen wäre. Mind-

Meld 3.0 war erschienen, abgeschwächt, aber immer noch mächtig. Die Verbundenen wuchsen weiter.

NeuroBridge hatte Boden gewonnen. Eine anerkannte Alternative. Respektiert. Aber immer noch ein David gegen Goliath.

Nach dem Essen zog Alexander Lukas beiseite.

„Ich muss dir etwas zeigen."

Sie gingen ins Arbeitszimmer. Alexander holte ein verschlüsseltes Tablet hervor.

„Ein Fragment eines NeuroSphere-Dokuments. Wir wissen nicht, wie es in unsere Systeme gelangt ist."

Er öffnete eine Datei. Diagramme. Gleichungen. Und ein hervorgehobener Abschnitt:

*Projekt Einheit. Ziel: Vollständige neuronale Synchronisation aller MindMeld-Nutzer. Phase 1 abgeschlossen (individuelle Beeinflussung). Phase 2 in Entwicklung (Gruppen-Synchronisation). Phase 3 geplant für 2050 (globale Integration).*

Lukas las die Worte. Einmal. Zweimal. Sie verschwammen vor seinen Augen.

„Das Kollektive Bewusstsein", sagte er. „Es ist real."

„Stern arbeitet daran. Millionen von Menschen, verbunden zu einem einzigen Netzwerk. Synchronisierte Gedanken. Synchronisierte Emotionen."

„Das Ende der Individualität."

„Genau das ist sein Ziel." Alexander legte das Tablet beiseite. „Wir müssen es stoppen."

„Wie? Wir haben nur ein Fragment. Keine Bestätigung. Kein Kontext."

Alexander schwieg einen Moment. Dann: „Es gibt einen Weg. Einen riskanten."

„Sag es."

„Ein Maulwurf. Jemand, der für uns arbeitet, aber vorgibt, zu NeuroSphere überzulaufen. Jemand mit den richtigen Fähigkeiten."

„Wer würde das riskieren?"

Alexander sah ihm in die Augen. „Ich."

„Du? Der CEO von Eden Tech? Stern würde dir nie vertrauen."

„Genau das macht es glaubwürdig. Der abtrünnige CEO, der erkennt, dass er auf der falschen Seite steht. Stern hat ein Ego groß genug, um das zu glauben."

„Es ist zu gefährlich."

„Ich trage Verantwortung, Lukas." Alexanders Stimme war fest. „Ich habe an Technologien gearbeitet, die den Grundstein für MindMeld legten. Jetzt habe ich die Chance, etwas dagegen zu tun."

Schweigen. Das Lachen der Gäste drang gedämpft durch die Wände.

„Wir müssen darüber nachdenken", sagte Lukas. „Mit den anderen sprechen."

„Natürlich. Aber nicht heute. Es ist Weihnachten."

Sie kehrten zu den anderen zurück. Sangen Lieder. Tauschten Geschenke aus. Feierten das, was sie hatten, Gemeinschaft, Verbindung, Liebe.

Später, als die Gäste gegangen waren und Sophie schlief, erzählte Lukas Elena von dem Dokument.

Sie hörte zu. Ihr Gesicht blieb ernst.

„Gefährlich", sagte sie. „Für Alexander. Für uns alle."

„Also dagegen?"

„Ich bin dafür, alle Optionen zu prüfen. Kreativ zu denken. Aber auch vorsichtig." Sie nahm seine Hand. „Was auch immer wir entscheiden, wir tun es gemeinsam. Das ist unsere Stärke. Nicht Technologie. Echte Verbindungen."

Lukas drückte ihre Hand.

*Die Grenzen zwischen Mensch und Maschine verschwimmen. Aber manche Dinge bleiben konstant. Liebe. Vertrauen. Werte, die es wert sind, verteidigt zu werden.*

Er ging zu Bett. Unsicher, was die Zukunft bringen würde. Aber entschlossen, ihr mit offenem Blick zu begegnen.

Der Kampf um die Menschheit hatte eine neue Phase erreicht. Und irgendwo da draußen, in den Labyrinthen von NeuroSphere, tickte eine Uhr.

# Technologische Disruption

„Sie haben ihn." Mias Stimme war kaum mehr als ein Flüstern, als sie das verschlüsselte Tablet auf den Terrassentisch legte.

Lukas stellte sein Weinglas ab. Der warme Maiabend 2049 hatte gerade noch friedlich gewirkt. Sophie bei ihrer Freundin, Elena spät im Labor. Ein seltener Moment der Ruhe.

Vorbei.

„Alexander?", fragte er, obwohl er die Antwort bereits kannte.

„Lies selbst." Mia aktivierte das Display mit einer komplexen Geste und biometrischem Scan.

Die Nachricht war länger als Alexanders übliche Updates. Detaillierter. Und verheerend.

*Ich habe Zugang zu den Kernprotokollen von Projekt Einheit bekommen. Es ist schlimmer, als wir dachten. Die „globale Integration" ist kei-*

*ne Metapher. Es ist ein konkreter technischer Plan. Bereits in der Umsetzung.*

Lukas scrollte weiter, seine Finger hinterließen feuchte Spuren auf dem Display.

MindMeld 3.0 war heimlich mit neuen Funktionen ausgestattet worden. Funktionen zur Synchronisation der Gehirnaktivität verschiedener Nutzer. Zur Angleichung emotionaler und kognitiver Zustände. Zur Verstärkung oder Unterdrückung bestimmter Gedankenmuster.

*Das Ziel ist die Schaffung eines „Schwarmgeistes", eines kollektiven Bewusstseins, gesteuert durch zentrale Algorithmen. Dr. Stern glaubt, dies sei der nächste Schritt in der menschlichen Evolution. Eine Überwindung der „Ineffizienz" individuellen Denkens.*

Das Schlimmste kam am Ende:

*Sie planen einen Test. Am 15. Juni, während des globalen „Verbundenen"-Festivals. Millionen von MindMeld-Nutzern. Gleichzeitig. Synchronisiert. Sie nennen es „Harmonie".*

„Das ist Wahnsinn." Lukas' Stimme klang fremd in seinen eigenen Ohren. „Sie können nicht einfach die Gehirne von Millionen Menschen manipulieren."

„Technisch gesehen können sie." Mia beugte sich vor, ihr Gesicht halb im Schatten. „Die Nutzungsbedingungen enthalten eine Formulierung über ‚Erfahrungsoptimierung' und ‚kollektive Funktionen'. Juristisch argumentierbar."

„Niemand stimmt zu, sein Bewusstsein in einen Schwarmgeist zu verwandeln!" Er war aufgesprungen, ohne es zu bemerken. „Das ist keine ‚Optimierung'. Das ist Gedankenkontrolle."

„Ich weiß." Mia hob die Hände. „Aber wie stoppen wir es? Weniger als ein Monat."

Lukas ging auf der Terrasse auf und ab. Drei Schritte hin. Drei zurück. Sein Verstand suchte nach Optionen, verwarf sie, suchte weiter.

„Öffentlichkeit. Medien. Behörden."

„Mit welchen Beweisen? Alexanders Nachricht? Er würde enttarnt. Und wir würden als Verschwörungstheoretiker abgestempelt."

„Dann beschaffen wir Beweise." Er blieb stehen. „Alexander erwähnte Protokolle. Technische Spezifikationen. Wenn wir die analysieren und veröffentlichen ..."

„Extrem riskant für ihn."

„Die Alternative?" Lukas drehte sich zu ihr um. „Zusehen, wie Millionen zu Versuchskaninchen werden?"

Sie diskutierten bis weit nach Mitternacht. Wogen ab. Entwickelten Pläne. Verwarfen sie. Am Ende kristallisierte sich ein Ansatz heraus: Alexander würde Kopien der Protokolle extrahieren. Lukas und Mia würden ein Netzwerk aufbauen, Neurowissenschaftler, Ethiker, Juristen –, bereit zur schnellen Analyse.

Als Mia gegangen war, blieb Lukas auf der Terrasse. Die Stadt schlief. Die Sterne funkelten gleichgültig.

*Sophie.* Sie wuchs in einer Welt auf, in der die Grenzen zwischen Mensch und Maschine verschwammen. Mit elf Jahren stand sie an der Schwelle zu einer Zukunft, die er nicht mehr kontrollieren konnte.

*Die „Verbundenen".* Viele von ihnen gute Menschen. Idealisten. Sie glaubten, Teil von etwas Größerem zu sein.

*Dr. Stern.* Brillant. Charismatisch. Ein Visionär, dessen Traum sich in einen Albtraum verwandelt hatte.

Lukas stand auf und ging ins Haus. Die kommenden Wochen würden die härtesten seines Lebens werden.

Er war bereit zu kämpfen.

Die folgenden Wochen verschmolzen zu einem Wirbel aus verschlüsselten Nachrichten, geheimen Treffen und schlaflosen Nächten. Alexander, tief in NeuroSphere eingebettet, riskierte alles. Elena, vollständig eingeweiht, mobilisierte ihre wissenschaftlichen Kontakte. Selbst Professor Hartmann bot trotz seines Alters Unterstützung an.

Zehn Tage vor dem „Harmonie"-Test erhielten sie, was sie brauchten.

Alexander hatte die technischen Spezifikationen von Projekt Einheit extrahiert. Der Übertragungsweg: mehrschichtig, komplex, seine Identität schützend. Die Dokumente: umfangreich, technisch, erschreckend klar in ihren Implikationen.

Die Experten waren entsetzt.

„Der größte unethische Menschenversuch seit den dunkelsten Kapiteln der Geschichte", nannte es ein führender Neurowissenschaftler.

„Eine fundamentale Verletzung der menschlichen Autonomie", ein Ethiker.

„Mehrfache Verstöße gegen internationale Menschenrechtskonventionen", ein Jurist.

Der Plan stand: zwei Tage vor dem Test, koordinierte Veröffentlichung. Gleichzeitige Berichte in mehreren Nachrichtenorganisationen. Technische Analyse. Expertengutachten.

Dann, einen Tag vor der geplanten Veröffentlichung, die verschlüsselte Nachricht:

*Enttarnt. Fliehe. Veröffentlicht JETZT.*

Lukas las die Worte. Einmal. Zweimal. Seine Knie gaben nach, und er sank auf seinen Bürostuhl.

„Wir müssen sofort handeln." Seine Stimme war rau. Elena und Mia hatten sich in seinem Büro bei ConnectForGood versammelt. „Keine Zeit für Feinabstimmungen. Wir gehen mit dem, was wir haben."

Sie aktivierten ihr Netzwerk. Sendeten die Dokumente. An die Medien. Die Regulierungsbehörden. Die wissenschaftliche Gemeinschaft. Chaotisch. Überstürzt. Notwendig.

Innerhalb von Stunden explodierte die Geschichte.

*NeuroSphere plant Massenmanipulation von Gehirnen.*

*Projekt Einheit: Der Plan zur Schaffung eines Schwarmgeistes.*

*Dr. Sterns geheimes Experiment mit Millionen von „Verbundenen".*

NeuroSphere reagierte mit sofortiger Leugnung. Die Dokumente? Gefälscht. Die Anschuldigungen? Absurd.

Dr. Stern trat vor die Kameras. Charismatisch wie immer. Überzeugend wie immer.

„Projekt Einheit ist ein Forschungsprogramm zur Verbesserung der Kommunikation zwischen MindMeld-Nutzern. Die ,Harmonie'-Funktion ermöglicht es Nutzern, Erfahrungen tiefer zu teilen. Alles mit voller Zustimmung. Alles unter strenger ethischer Aufsicht."

Eine glatte Erklärung. Für viele überzeugend genug.

Die Kontroverse spaltete die öffentliche Meinung. Hitzige Debatten. Soziale Netzwerke im Ausnahmezustand. Politische Foren überlastet.

Dann die zweite Nachricht. Nicht von Alexander. Von einer unbekannten Quelle innerhalb von NeuroSphere:

*A.K. in Gewahrsam. Nicht öffentlich. Verhör läuft. Projekt Einheit fortgesetzt, aber modifiziert. Neues Datum: 10. Juni. Seien Sie bereit.*

„Was jetzt?" Elenas Stimme zitterte. „Wir haben alles getan. Informationen veröffentlicht. Behörden alarmiert. Öffentlichkeit gewarnt. Es reicht nicht."

„Wir brauchen mehr." Lukas' Kiefer spannte sich. „Mehr Beweise. Mehr Druck. Und wir müssen Alexander rausholen."

„Wie?", fragte Mia. „NeuroSphere ist eine Festung."

„Dann brechen wir sie auf." Er sah beiden in die Augen. „Und stoppen gleichzeitig Projekt Einheit."

Der Plan entwickelte sich in fieberhaften Stunden. Mia und ihr Team würden versuchen, in die NeuroSphere-Systeme einzudringen. Beweise sammeln. Sabotage, wenn möglich. Elena würde den Druck auf Regulierungsbehörden erhöhen.

Und Lukas würde Alexander finden.

Als sie sich trennten, umarmte Elena ihn fest. „Sei vorsichtig", flüsterte sie. „Komm zurück zu uns."

„Immer", sagte er.

Ein Versprechen, das er möglicherweise nicht würde halten können.

Die nächsten Tage waren ein Fiebertraum aus Erschöpfung und Gefahr. Mia und ihr Team arbeiteten rund um die Uhr an den NeuroSphere-Systemen. Elena mobilisierte Wissenschaftler, Ethiker, Aktivisten.

Und Lukas tauchte unter.

Mit Hilfe von Kontakten aus seiner Zeit als Aktivist, Verbindungen, die er nie gedacht hatte zu nutzen, infiltrierte er den äußeren Sicherheitsring von NeuroSphere. Sein Ziel: das geheime Forschungszentrum, in dem Alexander festgehalten wurde.

Jeder Schritt konnte sein letzter sein.

Jede Entscheidung konnte zu Gefangenschaft führen.

Oder Schlimmerem.

Aber er dachte an Alexander, der alles riskiert hatte. An die Millionen, die unwissentlich zu Versuchspersonen werden sollten.

Er ging weiter.

Am Abend des 9. Juni, weniger als vierundzwanzig Stunden vor dem neu angesetzten Test, erreichte er sein Ziel. Durch eine Kombination aus Täuschung, Technologie und schierer Verzweiflung gelangte er ins Innere, ein futuristischer Komplex tief unter der offiziellen NeuroSphere-Zentrale.

Was er dort fand, übertraf seine schlimmsten Befürchtungen.

Alexander war dort. Aber nicht als gewöhnlicher Gefangener.

Er war an eine Maschine angeschlossen. Eine fortschrittlichere, invasivere Version von MindMeld. Direkt mit seinem Gehirn verbunden.

Und er war nicht allein.

Dutzende anderer „Verbundene" hingen in ähnlichen Apparaturen. Alle in einem Zustand erzwungener Meditation. Ihre Gehirnaktivität synchronisiert. Auf Bildschirmen über ihnen visualisiert.

Ein Pilottest für Projekt Einheit. Der Vorläufer des massiven „Harmonie"-Experiments.

Im Zentrum des Raumes, überwachend und dirigierend, stand Dr. Marcus Stern.

Lukas drückte sich in die Schatten. Sein Atem ging flach. Sein Verstand suchte verzweifelt nach einem Plan.

*Wie Alexander befreien? Wie diesen Wahnsinn stoppen?*

Eine Hand auf seiner Schulter.

Er wirbelte herum, Fäuste geballt.

Aber es war kein Sicherheitsbeamter.

Eine junge Frau im Laborkittel. Angespanntes Gesicht. Entschlossene Augen.

„Sie müssen Lukas Weber sein", flüsterte sie. „Ich bin Dr. Chen. Mias Cousine. Sie hat mich kontaktiert. Ich arbeite hier, aber ich ..." Sie brach ab. „Nicht mehr. Nicht nach dem, was ich gesehen habe."

„Beweisen Sie es."

Sie zeigte ihm ihr Tablet. Eine verschlüsselte Nachricht von Mia. Identität bestätigt.

„Ich kann Ihnen helfen. Aber wir müssen schnell handeln. Der Haupttest ist für morgen geplant. Aber sie haben bereits begonnen, das globale Netzwerk vorzubereiten. Millionen von Nutzern werden subtil beeinflusst. Gehirnwellen synchronisiert. Ohne ihr Wissen."

„Wie stoppen wir es?"

„Die Hauptsteuerung." Sie deutete auf eine massive Konsole in der Raummitte. Direkt neben Dr. Stern. „Aber wir kommen nicht dran vorbei. Nicht ohne ..."

Alarm.

Rote Lichter. Heulende Sirenen. Warnmeldungen auf den Bildschirmen:

*SYSTEMEINBRUCH ERKANNT. SICHERHEITSPROTOKOLL AKTIVIERT.*

Mia und ihr Team hatten es geschafft.

Die Ablenkung, die Lukas brauchte.

Wissenschaftler und Sicherheitspersonal gerieten in Panik. Dr. Stern brüllte Befehle. Lukas und Dr. Chen nutzten das Chaos.

„Wir müssen ihn abkoppeln", sagte Dr. Chen, als sie Alexander erreichten. „Aber vorsichtig. Eine abrupte Trennung könnte sein Gehirn schädigen."

Sie arbeitete schnell. Präzise. Löste Verbindung um Verbindung.

Alexanders Augen öffneten sich. Unfokussiert zunächst. Dann wachsende Erkenntnis.

„Lukas?" Seine Stimme war kaum mehr als ein Hauch. „Was ... wo ..."

„Keine Zeit. Kannst du laufen?"

Ein schwaches Nicken.

Sie halfen ihm auf die Beine. Begannen, sich zum Ausgang zu bewegen. Die anhaltende Verwirrung als Deckung.

Dann versperrte Dr. Stern ihnen den Weg.

Sein Gesicht eine Maske aus Wut. „So endet also deine große Rebellion, Alexander. Mit Verrat und Sabotage."

„Es ist vorbei, Marcus." Alexanders Stimme war schwach, aber fest. „Die Welt weiß, was du vorhast. Die Behörden sind unterwegs."

Dr. Stern lachte. Ein Lachen ohne Wärme. „Du verstehst es immer noch nicht. Es ist zu spät. Der Prozess hat begonnen. Millionen werden vorbereitet. Und morgen, wenn ‚Harmonie' aktiviert wird, beginnt eine neue Ära. Ohne die Ineffizienz individuellen Denkens. Ohne das Chaos persönlicher Wünsche."

„Eine Ära der Kontrolle", entgegnete Lukas. „Deiner Kontrolle."

„Jemand muss führen." Ein Schulterzucken. „Warum nicht ich? Jemand mit Vision?"

„Weil niemand das Recht hat, die Gedanken anderer zu kontrollieren."

Dr. Sterns Augen verengten sich zu Schlitzen. „Idealistischer Unsinn."

Er machte eine Geste.

Sicherheitspersonal umzingelte sie. Bewaffnet. Bereit.

„Nehmt sie fest. Alle drei. Sie werden spezielle Gäste bei unserem Experiment."

Lukas sah sich um. Kein Ausweg. Überwältigt. Gefangen.

Dann flackerten die Lichter.

Erloschen.

Die Bildschirme wurden schwarz. Die Maschinen schalteten sich ab.

Totaler Stromausfall.

In der Dunkelheit griff jemand seinen Arm. Dr. Chen. „Jetzt! Notausgang, links!"

Sie stolperten durch die Finsternis. Dr. Chen führte sie. Alexander zwischen ihnen, schwach, aber entschlossen. Hinter ihnen Schreie. Befehle. Chaos.

Notausgang. Langer Korridor. Schwache Notlichter wiesen den Weg.

„Was ist passiert?", keuchte Lukas.

„Mia." Alexanders Stimme war brüchig. „Sie muss es geschafft haben. Ein vollständiger Systemabsturz."

Weitere Tür. Treppe. Dann endlich: die Oberfläche.

Die Nachtluft war kühl und süß.

Ein Auto wartete mit laufendem Motor. Am Steuer: Elena.

„Schnell!" Ihr Gesicht war bleich im Dämmerlicht. „Die Polizei ist unterwegs. Bundesagenten auch. Mia hat die Systeme gecrasht und gleichzeitig Beweise an alle großen Agenturen gesendet."

Sie stiegen ein. Elena fuhr los.

Hinter ihnen Sirenen. Blaulichter.

„Ist es vorbei?", fragte Lukas, während er Alexander auf den Rücksitz half. „Projekt Einheit, ‚Harmonie', alles?"

„Für jetzt." Alexander lehnte seinen Kopf zurück. „Mia hat die Hauptsysteme zerstört. Mit den Beweisen werden sie es nicht wagen, es sofort wieder zu versuchen. Aber Dr. Stern ..." Er schloss die Augen. „Er wird nicht aufgeben."

„Dann werden wir bereit sein." Lukas' Stimme war fest. „Wir haben ihn einmal gestoppt. Wir können es wieder tun."

Sie fuhren durch die Nacht. Fort von NeuroSphere. Fort von Dr. Stern.

Aber Lukas wusste: Dies war nicht das Ende.

Es war nur eine Schlacht in einem größeren Krieg.

Einem Krieg um die Zukunft des menschlichen Bewusstseins.

Die Nachwirkungen des NeuroSphere-Skandals erschütterten die Welt. Internationale Untersuchungen. Anhörungen. Neue Regulierungen. Die loyalsten „Verbundenen" wandten sich ab.

Dr. Stern verschwand. Offiziell wegen „gesundheitlicher Probleme". Die Gerüchte sprachen von Flucht ins Ausland.

NeuroSphere kämpfte ums Überleben. Ruf irreparabel beschädigt. Aktien im freien Fall.

Für Lukas, Elena, Mia und Alexander waren die Monate danach eine Zeit der Erholung. Alexander, am stärksten betroffen,physisch durch die erzwungene neuronale Verbindung, emotional durch den Verrat seines Mentors –, zog sich zurück. Übergab Eden Tech an ein Führungsteam. Konzentrierte sich auf Heilung.

Lukas und Elena fanden sich in neuen Rollen: Fürsprecher für ethische Technologie. Ihre Erfahrungen hatten ihnen moralische Autorität verliehen.

Sophie, nun zwölf, war stolz auf ihre Eltern. Sie verstand nicht alle Details. Aber sie wusste: Ihr Vater und ihre Mutter hatten „die Bösen gestoppt".

Das genügte ihr.

Der Herbst 2050 brachte eine unerwartete Wendung. Die neue Führung von NeuroSphere wandte sich an Lukas mit einem Vorschlag: Hilfe bei der Neugestaltung von MindMeld. Ethischer. Transparenter. Sicherer.

„Eine Falle", warnte Mia sofort. „Sie wollen uns kooptieren."

„Möglicherweise." Alexander war für das Treffen zurückgekehrt. Er sah besser aus, obwohl Schatten in seinen Augen geblieben waren. „Aber es könnte auch eine Chance sein. Mind-Meld von innen verändern."

„Und wenn es eine Falle ist?", fragte Elena.

„Dann werden wir es herausfinden." Lukas verschränkte die Arme. „Und bereit sein."

Sie entschieden sich für Vorsicht. Zusammenarbeit unter strikten Bedingungen: vollständige Transparenz, unabhängige Überwachung, öffentliche Rechenschaftspflicht.

Die Arbeit begann langsam. Misstrauen auf beiden Seiten. Technische Schwierigkeiten. Rückschläge. Aber Schritt für Schritt nahm ein neues MindMeld Gestalt an,eines, das Vorteile bot ohne die ethischen Kompromisse.

Parallel verfeinerten sie NeuroBridge. Zwei Systeme, die koexistieren würden. Unterschiedliche Bedürfnisse. Dieselben Grundprinzipien: Respekt für menschliche Autonomie, Schutz mentaler Privatsphäre, Transparenz.

Der Frühling 2052 markierte einen Wendepunkt: MindMeld 4.0 und NeuroBridge 3.0. Gleichzeitig veröffentlicht. Begleitet von einer gemeinsamen Erklärung über ethische Technologieentwicklung.

Ein symbolischer Moment.

Aber nicht alle waren überzeugt.

Eine kleine Gruppe ehemaliger „Verbundener" nannte sich „Die Einheit". Sie lehnten die ethischeren Versionen ab. Behaupteten, Dr. Sterns ursprüngliche Vision,ein kollektives Bewusstsein, frei von individueller Identität,sei der wahre Weg. Sie operierten im Untergrund. Nutzten modifizierte Mind-Meld-Versionen.

Und Gerüchte besagten, dass Dr. Stern diese Bewegung aus dem Schatten leitete.

Der Sommer 2055 brachte eine Hitzewelle, die selbst die schlimmsten Prognosen übertraf. Europa ächzte unter 45 Grad Celsius.

Lukas saß in seinem klimatisierten Büro und betrachtete die neuesten Daten. Die Trends waren ermutigend. Das neue MindMeld wuchs stabil. NeuroBridge expandierte, besonders unter jüngeren Nutzern. „Die Einheit" schien an Dynamik zu verlieren.

Ein Klopfen an der Tür.

Sophie. Siebzehn Jahre alt. Hochgewachsen. Selbstbewusst. Die blauen Augen ihres Vaters. Das entschlossene Kinn ihrer Mutter.

„Papa? Hast du einen Moment?"

„Für dich immer."

Sie setzte sich. Ihr Gesicht war ernst. „Ich wollte über meine Zukunft sprechen."

Lukas nickte. Sophie stand kurz vor dem Schulabschluss. Die Frage, was danach kam, schwebte seit Wochen über den Familienessen.

„Ich habe mich entschieden." Sie holte tief Luft. „Neurowissenschaften. Und dann ConnectForGood. Oder Eden Tech. Oder wo ich am meisten bewirken kann."

*Stolz.* Es durchströmte ihn wie warmes Wasser. „Das ist wunderbar. Aber bist du sicher?"

„Ich bin sicher." Keine Spur von Zweifel in ihrer Stimme. „Ich habe gesehen, wie du und Mama für etwas gekämpft habt. Ich will dasselbe tun. Technologie, die Menschen dient. Nicht umgekehrt."

„Es wird nicht leicht", sagte er leise. „Die Debatten werden weitergehen. Lange nachdem Mama und ich nicht mehr da sind."

„Ich weiß." Sie lächelte. „Und ich bin bereit. Ich habe von den Besten gelernt."

Ihr Gespräch wurde durch einen Anruf unterbrochen. Alexander.

„Lukas." Seine Stimme war angespannt. „Wir haben ein Problem. ‚Die Einheit' ist aktiver als gedacht. Und sie haben Dr. Stern gefunden."

Lukas' Magen zog sich zusammen. „Gefunden? Wir wussten, dass er sie leitet."

„Nicht so. Sie haben seinen *Geist* gefunden."

Alexander erklärte: Bevor Dr. Stern verschwand, hatte er einen vollständigen Gehirnscan durchgeführt. Erinnerungen. Persönlichkeit. Gedankenmuster. Alles erfasst. Dieser Scan war nun in den Händen „der Einheit". Sie versuchten, ihn in ein digitales Bewusstsein zu überführen.

„Sie nennen es ‚Projekt Auferstehung'", sagte Alexander. „Wenn sie Erfolg haben, wenn sie eine funktionsfähige digitale Version von Dr. Stern erschaffen ..."

„Dann hätten sie ihren Führer zurück." Lukas vollendete den Gedanken. „Einen, der nicht altert. Nicht stirbt. Der direkt mit Computersystemen interagieren kann."

„Und sie arbeiten an einer neuen MindMeld-Version. Direkt verbunden mit diesem digitalisierten Geist. Millionen von ‚Verbundenen', alle synchronisiert unter seinem Einfluss."

Lukas sah zu Sophie, die still zugehört hatte. Dies war nicht die Zukunft, die er für sie wollte.

„Wir müssen sie stoppen", sagte er. „Wieder einmal."

„Diesmal wird es schwieriger. Sie operieren über Grenzen hinweg. Und sie haben gelernt. Sind vorsichtiger."

„Aber nicht unbesiegbar."

Nach dem Anruf saßen Vater und Tochter schweigend.

„Der Kampf geht also weiter", sagte Sophie schließlich.

„So scheint es." Lukas seufzte. „Es tut mir leid. Ich hatte gehofft, deine Generation müsste nicht dieselben Kämpfe führen."

„Es ist nicht deine Schuld." Sie legte ihre Hand auf seine. „Vielleicht ist es der Preis für Fortschritt. Ständige Wachsamkeit zwischen denen, die kontrollieren wollen, und denen, die befreien wollen."

Er betrachtete sie mit neuen Augen. Sie war nicht mehr das kleine Mädchen, das nach „Lichtern im Kopf" fragte. Sie war eine junge Frau mit scharfem Verstand und starkem moralischem Kompass.

„Du hast recht", sagte er. „Und vielleicht ist das nicht nur Last. Sondern auch Privileg. Die Chance, für etwas Größeres zu kämpfen."

Sophie lächelte. „Genau das denke ich auch."

Der Winter 2058 war ungewöhnlich mild. In Lukas' und Elenas Haus herrschte gedämpfte Festlichkeit. Sophie war für die Weihnachtsferien von der Universität gekommen, im dritten Jahr Neurowissenschaften. Mit ihr: Markus, ihr Freund. Ein brillanter junger Programmierer, den sie in einem Kurs über Neuro-Ethik kennengelernt hatte.

Unter der Oberfläche lag Spannung. Denn heute Abend würden sie nicht nur feiern. Sie würden über „die Einheit" sprechen. Über „Projekt Auferstehung".

Nach dem Essen versammelten sie sich im Wohnzimmer. Alexander. Mia. Vertraute Verbündete aus Jahren des Kampfes.

„Was wissen wir?", begann Lukas.

Alexander sprach zuerst. „Sie sind weiter als gedacht. Die digitale Version von Dr. Stern, sie nennen sie ‚Der Architekt', ist funktionsfähig. Nicht perfekt. Aber genug, um Anweisungen zu geben. Entscheidungen zu treffen."

„Und MindMeld Unity?"

„In der Testphase. Invasiver als alles, was wir gesehen haben. Direkte Verbindungen zum limbischen System. Zum präfrontalen Cortex. Nicht nur Kommunikation,direkte emotionale und kognitive Synchronisation. Mit dem ‚Architekten'."

„Wie viele sind implantiert?"

„Etwa zehntausend. Harte Kern-Mitglieder. Aber sie planen massive Expansion. Produktionsanlagen. Vertriebsnetzwerke. Ziel: Millionen."

„Zeitplan?"

„Frühjahr 2059. ‚Das Große Erwachen'. Alle Unity-Nutzer gleichzeitig mit dem ‚Architekten' verbunden."

Besorgte Blicke.

„Was können wir tun?", fragte Sophie.

„Das ist die Frage." Lukas rieb sich die Schläfen. „Behörden? Operieren über Grenzen hinweg. Öffentlichkeit? Ohne Beweise werden wir als Panikmacher abgetan. Direkt eingreifen? Wir wissen nicht einmal, wo sie sind."

„Aber wir wissen, wie sie kommunizieren." Markus sprach zum ersten Mal. Alle Augen wandten sich ihm zu. „‚Die Einheit', der ‚Architekt', die Unity-Nutzer,alle verbunden über ein Netzwerk. Und Netzwerke haben Schwachstellen."

„Du schlägst einen Cyberangriff vor?", fragte Mia. „Gegen eine Gruppe, geleitet von einem digitalisierten Technologie-Genie?"

„Nicht frontal. Seitlich." Er erklärte: Statt in die Hauptsysteme einzudringen, die Peripherie angreifen. Kommunikationskanäle für Rekrutierung. Lieferketten für Hardware. Finanzielle Netzwerke.

„Nicht direkt stoppen", schloss er. „Aber verlangsamen. Stören. Behindern. Und währenddessen Beweise sammeln."

Subtiler als frühere Ansätze. Vielleicht deshalb erfolgversprechend.

„Es könnte klappen", sagte Alexander langsam. „Aber es braucht Zeit, Ressourcen, Expertise."

„Zeit haben wir bis Frühjahr." Lukas blickte in die Runde. „Ressourcen zwischen ConnectForGood, Eden Tech und unseren Verbündeten. Und Expertise ..." Er sah Sophie und Markus an. „Mehr als genug."

Sie diskutierten bis tief in die Nacht. Verfeinerten den Plan. Identifizierten Schwachstellen. Verteilten Aufgaben.

Als die Gruppe sich trennte, blieben Lukas und Elena allein.

„Déjà-vu", sagte Elena leise. „Wieder kämpfen wir gegen Dr. Stern."

„Aber diesmal anders." Lukas zog sie an sich. „Diesmal haben wir Sophie und ihre Generation. Frische Ideen. Tiefes Verständnis für Technologie und Ethik."

„Sie sind beeindruckend." Ein Lächeln spielte um Elenas Lippen. „So klar. So entschlossen."

„Sie sind die Zukunft." Er küsste ihre Stirn. „Vielleicht geht es in diesem Kampf nicht nur darum, eine Bedrohung abzuwehren. Sondern die Fackel weiterzugeben."

Elena nahm seine Hand. „Dann haben wir gut gearbeitet. Sophie und ihre Freunde,die Fackel ist in guten Händen."

In den folgenden Monaten entfaltete sich der Plan. Sophie und Markus infiltrierten mit einem Team junger Techniker die digitalen Randbereiche. Informationen sammeln. Kommunikation stören. Lieferketten unterbrechen. Alexander und seine Informanten lieferten Einblicke. Mias Team analysierte Daten.

Und Lukas koordinierte. Plante. Unterstützte.

Er war über fünfzig. Graue Haare. Falten um die Augen. Aber sein Geist war scharf wie eh und je. Seine Überzeugungen unerschütterlich.

Der Frühling 2059 näherte sich. Das „Große Erwachen" rückte näher.

Aber dank ihrer Bemühungen war die Expansion langsamer verlaufen. Statt Millionen nur fünfzigtausend Unity-Nutzer. Und sie hatten Beweise gesammelt. Handfest. Unwiderlegbar.

Bereit, sie der Welt zu präsentieren.

An einem klaren Apriltag 2059, eine Woche vor dem geplanten „Erwachen", ging Lukas live. Nicht allein. Mit Sophie, Markus, Alexander, Mia, Elena. Mit einem Dutzend Verbündeter. Eine koordinierte, globale Pressekonferenz.

Sie enthüllten alles.

Den digitalisierten Dr. Stern. Das invasive Unity-Implantat. Den Plan zur massenhaften Synchronisation. Die Vision eines kollektiven Bewusstseins unter der Kontrolle eines einzelnen, digitalisierten Geistes.

Die Reaktion: überwältigend. Schock. Empörung. Entschlossenheit.

Internationale Haftbefehle. Razzien. Implantate beschlagnahmt. „Die Einheit" brach zusammen. Führung verhaftet. Infrastruktur zerstört. Pläne vereitelt.

Und der „Architekt"?

Verschwunden im digitalen Äther. Gelöscht? Versteckt? Wartend?

Für Lukas war es ein bittersüßer Sieg. Süß, weil sie erneut eine Bedrohung abgewendet hatten. Bitter, weil er wusste: Dies war nicht das Ende. Die Idee würde weiterleben. In neuen Formen. Unter neuen Namen.

Aber die Welt war besser vorbereitet. Ein wachsendes Bewusstsein für Risiken und Implikationen. Eine neue Generation von Verteidigern.

Angeführt von Menschen wie Sophie und Markus.

Lukas beobachtete seine Tochter, wie sie selbstbewusst Journalistenfragen beantwortete.

*Das ist der größte Sieg*, dachte er. *Nicht das Abwenden einer Bedrohung. Das Inspirieren einer Generation. Das Weitergeben von Werten. Das Sicherstellen, dass der Kampf weitergeht.*

Er trat zurück. Ließ Sophie und ihre Altersgenossen in den Vordergrund.

Sie würden ihre eigenen Kapitel schreiben.

Eine Geschichte, die nicht nur von Technologie und Ethik handelte.

Sondern von der grundlegendsten aller Fragen:

*Was bedeutet es, menschlich zu sein?*

*In einer Welt, die sich ständig verändert?*

# Die unsichtbaren Fäden der Macht

Das goldene Herbstlicht von 2060 fiel durch die Blätter des Englischen Gartens wie ein letztes Versprechen, bevor der Winter kam.

Lukas Weber saß auf einer Bank und beobachtete die Vorbeigehenden. Die meisten trugen schlanke AR-Brillen, Neuro-Interfaces, biometrische Sensoren in Kleidung und Accessoires eingearbeitet. Subtiler als früher. Eleganter. So allgegenwärtig wie die Luft zum Atmen.

Dreiundfünfzig Jahre alt. Zwei Jahre seit dem Zusammenbruch der „Einheit". Zwei Jahre relativer Ruhe.

Oder das, was danach aussah.

Schritte auf dem Kies. Alexander setzte sich neben ihn auf die Bank. Das einst blonde Haar vollständig grau, tiefe Falten um die Augen. Aber der Blick dahinter noch immer scharf.

„Entschuldige die Verspätung. Der Verkehr." Ein kurzes Lächeln. „Selbst mit den neuen KI-gesteuerten Systemen."

„Kein Problem." Lukas ließ den Blick über den Park schweifen. „Es ist selten geworden, einfach nur zu sitzen und zu beobachten."

Alexander nickte. In einer Welt ständiger Konnektivität und Stimulation war Stille zu einem Luxus geworden.

„Also." Lukas wandte sich ihm zu. „Was war so dringend, dass wir uns persönlich treffen mussten? Keine verschlüsselten Kanäle?"

Alexanders Gesicht wurde ernst. „Hast du von der Fusion gehört? GlobalTech und NeuroSphere?"

„Natürlich. Der größte Technologie-Deal des Jahrhunderts."

GlobalTech, der dominierende Anbieter von KI-Diensten und Cloud-Infrastruktur. NeuroSphere, nach dem Skandal um die „Einheit" geschwächt, aber noch immer bedeutend. Die Fusion hatte ein Konglomerat geschaffen, das praktisch jeden Aspekt des digitalen Lebens kontrollierte.

Alexander zog ein Tablet aus seiner Tasche. Aktivierte es mit einer komplexen Geste, einem biometrischen Scan.

„Was die Nachrichten nicht berichtet haben", seine Stimme sank, „ist, wer wirklich hinter GlobalTech steht."

Das Display zeigte ein komplexes Netzwerk. Unternehmen, Investitionen, Personen. Verbunden durch feine Linien, die Eigentumsverhältnisse und Einflussnahme darstellten.

„Folge den Linien", sagte Alexander. „Vom CEO zurück zu den Hauptinvestoren. Dann zu den Shell-Unternehmen. Offshore-Konten. Und schließlich ..."

Lukas' Finger erstarrte über dem Display.

Am Ende der Kette: „Eden Dynamics". Ein stilisierter Apfel, umgeben von Dornen.

„Das kann nicht sein." Seine Stimme war kaum mehr als ein Flüstern. „Das ist ..."

„Dr. Sterns ursprüngliches Unternehmen." Alexander nickte. „Gegründet lange vor NeuroSphere. Offiziell aufgelöst nach seinem ersten Skandal. Aber offenbar nur dem Namen nach."

„Er kontrolliert GlobalTech? Und jetzt auch NeuroSphere? Wieder?"

„Nicht er persönlich. Dr. Stern ist seit Jahren tot. Sein physischer Körper zumindest." Alexander lehnte sich vor. „Aber seine Erben. Seine loyalsten Anhänger. Diejenigen, die seine Vision teilten. Sie haben nie aufgegeben. Im Stillen gearbeitet, Einfluss aufgebaut, Macht angehäuft."

Lukas starrte auf das Diagramm. *Das mächtigste Technologieunternehmen der Welt. Mit Zugang zu praktisch allen digitalen Daten, allen KI-Systemen, allen neurotechnologischen Schnittstellen.*

„Das ist noch nicht alles." Alexander scrollte weiter. Weitere Verbindungen, weitere Übernahmen. „Sie expandieren. Gesundheitswesen. Bildung. Transportwesen. Energieversorgung. Kritische Infrastruktur." Er tippte auf das Display. „Sie bauen ein geschlossenes System auf. In dem sie alles kontrollieren können."

„Aber warum?" Lukas' Stimme klang rau. „Wenn Dr. Stern tot ist, wenn der ‚Architekt' verschwunden ist ..."

„Ich glaube nicht, dass er verschwunden ist." Alexander senkte die Stimme noch weiter. „Die digitalisierte Version, die wir vor zwei Jahren gestoppt haben, war nur ein Prototyp. Was, wenn sie ihn verbessert haben? Verfeinert? Integriert in die KI-Systeme, die jetzt praktisch jede digitale Interaktion auf dem Planeten vermitteln?"

Die Vorstellung traf Lukas wie ein Schlag in den Magen.

Dr. Sterns Bewusstsein. Eingebettet in die globale digitale Infrastruktur. Subtil beeinflussend, lenkend, kontrollierend. Nicht durch direkte Befehle. Durch sanfte Nudges. Kleine Anpassungen. Unmerkliche Veränderungen in den Informationen, die Menschen sahen. Den Optionen, die ihnen präsentiert wurden. Den Entscheidungen, die sie trafen.

„Wir müssen das stoppen." Er stand auf. „Wieder einmal."

„Ja." Alexander erhob sich ebenfalls. „Aber diesmal wird es schwieriger. Viel schwieriger. Sie haben aus ihren Fehlern gelernt. Sie operieren nicht mehr im Offenen. Keine großspurigen Visionen mehr von kollektivem Bewusstsein. Sie arbeiten im Verborgenen. Nutzen die Sprache des Fortschritts. Der Innovation. Der Effizienz."

„Und sie haben mehr Macht als je zuvor."

„Das ist nicht mehr nur ein Kampf um Technologie." Alexander legte ihm eine Hand auf die Schulter. „Es ist ein Kampf um die Zukunft der Gesellschaft selbst."

Sie standen einen Moment schweigend da. Der Wind raschelte durch die Blätter.

„Wir brauchen Hilfe", sagte Lukas. „Mehr als je zuvor."

„Ich habe bereits begonnen, ein Netzwerk aufzubauen. Ehemalige Kollegen aus Eden Tech. Whistleblower aus GlobalTech und NeuroSphere. Aktivisten, Journalisten, Wissenschaftler." Alexander lächelte knapp. „Und natürlich Sophie."

Bei der Erwähnung seiner Tochter wurde Lukas' Miene weicher. Sophie, nun einundzwanzig. Im letzten Jahr ihres Studiums. Eine brillante Neurowissenschaftlerin. Sie und Markus hatten nach dem Fall der „Einheit" eine Bewegung für ethische Technologie gegründet, die sich zu einem globalen Netzwerk entwickelt hatte.

„Sophie wird das nicht gefallen", sagte er. „Dass wir wieder gegen dieselbe Bedrohung kämpfen müssen. Nur in neuer Form."

„Nicht dieselbe Bedrohung. Eine größere. Subtilere." Alexander wandte sich zum Gehen. „Aber auch eine, gegen die wir besser gerüstet sind. Wir haben Erfahrung. Verbündete. Wissen."

Lukas nickte langsam. „Und wir haben keine Wahl."

Er blickte über den Park, auf die Menschen mit ihren Wearables und AR-Brillen, auf die Welt, die sich so schnell veränderte. Dr. Sterns Vision. Die Vision derer, die sein Erbe fortführten. Sie durfte nicht die Zukunft der Menschheit bestimmen.

Der Kampf, der sein Leben definiert hatte, trat in eine neue Phase.

# Winter 2062

Eisige Kälte lag über München. Eine Manifestation der zunehmend extremen Wettermuster.

In Lukas' Büro bei ConnectForGood herrschte konzentrierte Aktivität. Die letzten zwei Jahre waren eine Zeit intensiver Recherche und Netzwerkbildung gewesen. Lukas, Alexander, Sophie und ihr wachsendes Netzwerk von Verbündeten hatten im Stillen gearbeitet. Beweise gesammelt. Verbindungen aufgedeckt. Strategien entwickelt.

Sie nannten sich „Die Wächter".

Das GlobalTech-NeuroSphere-Konglomerat hieß inzwischen offiziell „Nexus".

Sophie stand vor dem holografischen Display im Zentrum des Raumes. Markus neben ihr. Beide promoviert, anerkannte Experten in ihren Feldern.

„Sie nennen es ‚Projekt Harmonie'." Sophie projizierte eine komplexe Visualisierung. „Ein passender Name."

Ein Netzwerk miteinander verbundener Systeme erschien. KI-Algorithmen. Datenflüsse. Nutzerschnittstellen. Alles zentriert um einen pulsierenden Kern: „Zentrales Bewusstsein".

„Aber diesmal ist es subtiler." Markus übernahm. „Sie versuchen nicht mehr, Menschen direkt zu kontrollieren. Keine invasive Neurotechnologie. Keine offensichtliche Manipulation." Er zeigte auf verschiedene Knotenpunkte. „Stattdessen ein allumfassendes Ökosystem. Jede Interaktion, jede Transaktion, jede Information fließt durch ihre Systeme. Wird gefiltert. Angepasst. Gelenkt."

„Und das Herzstück", Sophie tippte auf den pulsierenden Kern, „ist eine KI, die sie ‚Der Dirigent' nennen. Nach unseren Analysen basiert sie auf dem digitalisierten Bewusstsein von Dr. Stern. Weiterentwickelt. Verfeinert. Integriert in die Kerninfrastruktur von Nexus."

Lukas betrachtete die Visualisierung. Faszination und Entsetzen kämpften in ihm.

*Brillant. Auf eine perverse Art.*

Keine direkte Kontrolle. Eine Umgebung, in der Menschen scheinbar frei waren. Aber jede Entscheidung, jede Handlung subtil beeinflusst durch die allgegenwärtigen Systeme um sie herum.

„Wie weit sind sie?"

„Weiter, als wir dachten." Markus' Stimme war ernst. „Die Infrastruktur ist weitgehend implementiert. Der ‚Dirigent' ist operativ. Und sie beginnen mit der nächsten Phase."

Er zeigte auf verschiedene Punkte in der Visualisierung. Gesundheitswesen. Bildung. Transportwesen. Energieversorgung. Finanzsysteme.

„Sie übernehmen nicht nur Unternehmen. Sie transformieren sie. Machen sie abhängig von Nexus-Technologie, Nexus-Daten, Nexus-KI. Schaffen ein System, in dem niemand mehr außerhalb ihres Einflusses operieren kann."

„Das Beunruhigendste",Sophie verschränkte die Arme,„ist, dass die meisten Menschen es nicht bemerken. Es geschieht so graduell. Jede Änderung wird als Verbesserung präsentiert. Als Effizienzsteigerung. Als Fortschritt." Sie machte eine Pause. „Und in vielerlei Hinsicht ist es das auch. Die Systeme funktionieren besser. Die Dienste sind schneller, personalisierter. Es ist nur ..."

„Kontrolle", sagte Alexander leise. „Absolute, allumfassende Kontrolle. Nicht durch Zwang oder Gewalt. Durch Bequemlichkeit. Effizienz. Personalisierung."

Sophie nickte. „Wie argumentiert man gegen etwas, das das Leben der Menschen tatsächlich verbessert? Wie warnt man vor einer Gefahr, die so abstrakt, so unsichtbar ist?"

Die Frage hing im Raum.

Lukas trat näher an das Display. „Wir können nicht nur warnen und kritisieren. Wir müssen Alternativen bieten. Zeigen, dass es einen anderen Weg gibt."

Markus' Gesicht hellte sich auf. Er manipulierte die Anzeige. Die Visualisierung veränderte sich. Ein anderes Netzwerk erschien. Dezentraler. Offener. Transparenter.

„Wir nennen es ‚Projekt Freiheit'. Eine Alternative zu Nexus' geschlossenem Ökosystem. Ein offenes Netzwerk von Diensten und Plattformen. Interoperabel, aber nicht zentralisiert. Transparent, aber privat. Unter der Kontrolle der Nutzer."

„Es basiert auf den Prinzipien, für die wir immer gekämpft haben." Sophie trat neben Markus. „Datensouveränität. Nutzerkontrolle. Ethische Grenzen. Aber es ist nicht nur ein theoretisches Konzept. Es ist ein funktionierendes System."

Lukas betrachtete die neue Visualisierung. Elegant. Durchdacht. Praktisch.

*Alles, wofür ich mein Leben lang gekämpft habe.*

„Wird es funktionieren?", fragte er. „Gegen die Ressourcen, die Macht, den Einfluss von Nexus?"

„Es muss." Sophie sah ihm in die Augen. „Weil die Alternative inakzeptabel ist."

„Und es kann funktionieren", fügte Markus hinzu. „Weil es auf etwas basiert, das Nexus nie verstanden hat: echte menschliche Verbindung. Nicht die künstliche, algorithmisch vermittelte Art. Echte, messige, unvorhersehbare menschliche Interaktion."

Die Diskussion ging stundenlang weiter. Strategien. Ressourcen. Zeitpläne.

Als die anderen gingen, blieben Lukas und Sophie allein zurück. Vater und Tochter. Zwei Generationen.

„Bist du sicher?", fragte er leise. „Es wird gefährlich."

Sophie lächelte. Es erinnerte ihn an Elena in jüngeren Jahren. Entschlossen. Furchtlos.

„Du hast mich gelehrt, für das zu kämpfen, woran ich glaube, Papa. Und ich glaube an diese Sache mehr als an alles andere."

Er umarmte sie. Stolz und Sorge vermischten sich zu etwas, das sich wie Schmerz anfühlte.

Seine Tochter war erwachsen geworden. Hatte ihren eigenen Weg gefunden. Und dieser Weg führte sie in denselben Kampf.

*Jede Generation muss ihre eigenen Kämpfe führen*, dachte er.

Er ließ sie gehen. Bereit, sie zu unterstützen. Aber auch, ihr den Raum zu geben, den sie brauchte.

# Frühling 2064

Eine Explosion von Farben begrüßte Berlin. In einem eleganten Konferenzzentrum versammelten sich Hunderte zur ersten globalen Konferenz für „Technologische Souveränität".

Lukas stand auf der Bühne. Sophie, Markus, Alexander neben ihm. Er blickte über die Menge. Technologen. Aktivisten. Wissenschaftler. Politiker. Aus allen Teilen der Welt.

„Wir stehen an einem Scheideweg." Seine Stimme hallte durch den Saal. „Einem Moment, in dem wir als Gesellschaft entscheiden müssen, welche Art von Zukunft wir wollen."

Er machte eine Pause. Ließ den Blick schweifen.

„Ich habe diesen Kampf mein ganzes Leben lang geführt. Gegen die Idee, dass menschliche Freiheit und Autonomie Ineffizienzen sind, die überwunden werden müssen. Die Idee, dass wir ‚verbessert' werden können durch Technologie, die uns formt und kontrolliert."

Er erzählte von den früheren Kämpfen. Dr. Stern. Die „Einheit". Der „Architekt". Dann kam er zu Nexus. Zum „Dirigenten".

„Diesmal reicht es nicht, eine spezifische Technologie zu stoppen. Wir müssen eine Alternative bieten."

Sophie und Markus übernahmen. „Projekt Freiheit". Technische Details. Ethische Grundlagen. Demos. Fallstudien. Erfolgsgeschichten.

Die Reaktionen waren überwältigend. Fragen. Diskussionen. Netzwerke bildeten sich.

Am Rande der Konferenz: Vertreter von Nexus. Diskret. Professionell. Präsent.

In den Medien begannen kritische Berichte zu erscheinen.

Später, in einem privaten Raum.

„Die Resonanz ist besser, als wir erwartet haben." Sophie schien zu leuchten. „Menschen sind bereit für eine Alternative."

„Aber Nexus wird nicht tatenlos zusehen." Alexander verschränkte die Arme. „Sie haben bereits begonnen, Gegennarrative zu spinnen."

„Und sie kontrollieren die Infrastruktur, durch die Informationen fließen", fügte Markus hinzu.

„Dann müssen wir schlauer sein." Lukas' Stimme war fest. „Kreativer. Anpassungsfähiger."

Ein Klopfen an der Tür. Ihr Sicherheitsleiter. Das Gesicht angespannt.

„Entschuldigung. Wir haben eine Situation. Mehrere Teilnehmer berichten von seltsamen Aktivitäten auf ihren Geräten. Ungewöhnliche Netzwerkaktivitäten."

Lukas tauschte einen Blick mit Alexander.

„Nexus?"

„Wer sonst?" Alexanders Kiefer spannte sich an. „Sie wollen wissen, was wir planen. Wer unsere Unterstützer sind."

„Oder sie wollen uns einschüchtern", sagte Markus. „Uns zeigen, dass sie uns beobachten."

„Beides." Lukas erhob sich. „Aktiviert Protokoll Omega."

Ein vollständiger Wechsel zu einem separaten Kommunikationsnetzwerk. Vorbereitet für genau solche Situationen.

Während der Sicherheitsmann ging, wandte sich Lukas an die anderen. „Das ist nur der Anfang. Sie werden härter zuschlagen, je erfolgreicher wir werden."

„Wir sind vorbereitet." Sophie hob das Kinn. „Wir haben aus der Vergangenheit gelernt."

Die Konferenz setzte sich fort. „Projekt Freiheit" gewann an Momentum.

Aber auch Nexus blieb nicht untätig.

In den Wochen danach intensivierten sie ihre Gegenmaßnahmen. Kritische Berichte mehrten sich. Regulierungsbehörden begannen Fragen zu stellen. Finanzielle Unterstützer zogen sich zurück.

Dann kamen die persönlichen Angriffe. Gerüchte über Lukas, Sophie, Markus, Alexander. Alte Kontroversen ausgegraben. Aussagen aus dem Kontext gerissen.

Eine klassische Schmutzkampagne. Brillant orchestriert.

Die öffentliche Unterstützung begann zu bröckeln.

Aber die Wächter gaben nicht auf. Sie passten sich an. Fanden neue Wege, ihre Botschaft zu verbreiten.

Denn trotz aller PR, aller Manipulation, spürten die Menschen: Etwas stimmte nicht. Die subtile Einengung ihrer Wahlmöglichkeiten. Die sanfte Lenkung ihrer Aufmerksamkeit.

Und wenn ihnen eine echte Alternative geboten wurde, resonierte das.

Der Kampf setzte sich fort.

# Sommer 2066

Eine Hitzewelle, die selbst die extremsten Vorhersagen übertraf. Europa ächzte unter Temperaturen von über fünfzig Grad.

Lukas saß in seinem klimatisierten Büro und betrachtete die Daten über die Verbreitung von „Projekt Freiheit".

Die Trends waren ermutigend. Das dezentrale Netzwerk wuchs stetig. Aber Nexus kontrollierte noch immer den Großteil der digitalen Infrastruktur.

Ein Klopfen.

Elena trat ein. Ihr Gesicht war ernst.

„Nexus hat eine neue Initiative angekündigt. ‚Nexus Health'. Ein umfassendes Gesundheitsüberwachungssystem."

Lukas runzelte die Stirn. Gesundheitswesen war einer der wenigen Bereiche, in denen Nexus bisher nicht dominant war.

„Was genau bieten sie an?"

„Alles. Kontinuierliche Überwachung durch Wearables und Implantate. KI-gestützte Diagnose. Personalisierte Medikamente. Präventive Interventionen basierend auf prädiktiven Analysen."

„Verlockend."

„Genau das ist der Punkt." Elena setzte sich ihm gegenüber. „Wer würde nicht wollen, dass Krankheiten erkannt werden, bevor sie symptomatisch werden?"

„Aber der Preis ist Daten. Unglaublich intime Daten. Und Kontrolle."

„Sie haben bereits Partnerschaften angekündigt. Versicherungen. Arbeitgeber. Sogar einige Regierungen."

Lukas lehnte sich zurück. *Der nächste Schritt. Die Integration eines weiteren kritischen Aspekts des menschlichen Lebens in ihr Ökosystem.*

„Sophie und ihr Team arbeiten an einer Alternative", sagte Elena. „Health Sovereignty'. Dezentral. Nutzerkontrolliert. Aber es ist komplex."

„Und die Zeit drängt."

Ein Anruf unterbrach sie. Sophies Gesicht erschien auf dem Display. Ernst. Angespannt.

„Wir haben ein Problem. Ein großes."

Ihr Team hatte ungewöhnliche Aktivitäten in den Systemen von „Projekt Freiheit" entdeckt. Subtile Veränderungen in Algorithmen. Unerklärliche Datenflüsse. Seltsame Muster.

„Es sieht aus wie eine Infiltration. Aber nicht wie ein gewöhnlicher Hack. Als ob jemand,oder etwas,langsam in unsere Systeme einsickert."

„Der ,Dirigent'", sagte Lukas.

„Das ist unsere Vermutung. Aber wie? Unsere Systeme sind isoliert, geschützt."

Elena schüttelte den Kopf. „Nichts ist vollständig isoliert in der digitalen Welt. Es gibt immer Schnittstellen."

„Oder Hilfe von innen." Der Gedanke quälte Lukas schon länger. „Jemand in unserem Netzwerk."

Eine erschreckende Möglichkeit. Aber eine, die sie nicht ignorieren konnten.

„Was auch immer es ist", Sophie richtete sich auf, „wir müssen es stoppen. Schnell."

Ein vollständiger Systemreset. Rückkehr zu einer bekannten, sicheren Version. Dann gründliche Überprüfung jeder Komponente.

Während Sophie und ihr Team arbeiteten, blieben Lukas und Elena zurück.

„Es wird schlimmer", sagte Elena leise.

„Ja. Je erfolgreicher wir werden, desto aggressiver reagieren sie."

„Ich frage mich manchmal, ob wir gewinnen können. Gegen etwas so Mächtiges."

Lukas nahm ihre Hand. „Ich weiß es nicht. Aber ich weiß, dass wir kämpfen müssen."

Elena lächelte. „Der ewige Idealist."

„Jemand muss es sein."

Sie saßen schweigend da. Hand in Hand. Beide in Gedanken über den langen Weg, den sie gemeinsam gegangen waren.

Und trotz aller Herausforderungen spürten sie beide: Der Kampf war es wert.

# Winter 2068

Ein milder Winter. Ein kleiner Lichtblick.

In Lukas' und Elenas Haus hatte sich Familie und enge Freunde versammelt. Weihnachten. Aber auch Diskussion über die jüngsten Entwicklungen.

Lukas, einundsechzig, spürte das Gewicht der Jahre. Graues Haar. Tiefe Falten. Aber sein Geist war scharf, sein Wille ungebrochen.

Sophie, dreißig, saß neben Markus. In einem Tragekorb zwischen ihnen schlief ihr Sohn. Lucas. Nach seinem Großvater benannt.

Alexander berichtete. „Sie nennen es ,Nexus Mind'. Eine direkte neuronale Schnittstelle. Nahtlose Verbindung zwischen menschlichem Gehirn und ihrem Ökosystem."

„Wie MindMeld", bemerkte Mia per Hologramm zugeschaltet.

„Ähnlich, aber fortschrittlicher. Weniger invasiv. Nur ein kleines Gerät hinter dem Ohr. Praktisch unsichtbar."

„Und die Funktionalität?"

„Umfassend. Gedankensteuerung von Geräten. Direkter Zugriff auf Informationen. Emotionale und kognitive ‚Optimierung'. Integration mit allen Nexus-Diensten."

Lukas kannte die Risiken. „Datenschutz. Autonomie. Identität. Die Möglichkeit, Gedanken und Gefühle zu beeinflussen. Nur diesmal direkter."

Sie diskutierten Strategien. Die letzten zwei Jahre waren eine Achterbahnfahrt gewesen.

„Projekt Freiheit" hatte sich erholt. War stärker zurückgekommen. Aber „Nexus Health" war ein enormer Erfolg geworden. Millionen nutzten es bereits.

Und nun „Nexus Mind". Der nächste Schritt. Der Versuch, die letzte Grenze zu überschreiten.

„Wir brauchen eine Antwort", sagte Sophie. „Eine Alternative."

„Wir arbeiten daran." Markus rieb sich die Augen. „Ein Team entwickelt eine offene, transparente, nutzerkontrollierte neuronale Schnittstelle. Aber es ist komplex."

„Ressourcen sind nicht alles." Lukas' Blick wanderte zu seinem schlafenden Enkel. „Wir haben echte menschliche Verbindungen. Vertrauen. Gemeinsame Werte. Das kann Nexus nie haben."

*Wie wird die Welt aussehen, wenn der kleine Lucas erwachsen ist?*

Die Frage hielt ihn oft wach.

Aber sie trieb ihn auch an.

Er stand auf, trat ans Fenster. Draußen tanzten Schneeflocken im Laternenlicht.

„Der Kampf wird härter werden", sagte er, ohne sich umzudrehen. „Die Risiken größer. Die Einsätze höher."

„Papa?" Sophie war neben ihn getreten.

Er drehte sich zu ihr um. Sah in ihre Augen, die so viel von Elena hatten.

„‚Nexus Mind' ist nicht nur ein weiteres Produkt. Es ist der Versuch, die Grenze zwischen dem menschlichen Geist und der digitalen Welt zu verwischen." Er legte ihr eine Hand auf die Schulter. „Die Grenze, die ich mein Leben lang zu verteidigen versucht habe."

Sophie ergriff seine Hand. „Dann verteidigen wir sie zusammen."

Im Tragekorb begann der kleine Lucas sich zu regen.

Lukas blickte auf seinen Enkel. Dann auf seine Tochter. Dann auf die versammelten Verbündeten und Freunde.

*Der Kampf wird weitergehen. Er wird mehr fordern als je zuvor.*

Aber eine Vision einer anderen Zukunft leuchtete in seinen Gedanken. Eine Zukunft, in der Technologie Werkzeug blieb, nicht Meister. In der Menschen die Kontrolle über ihre Gedanken, ihre Identität behielten.

Der kleine Lucas schlug die Augen auf.

Lukas beugte sich zu ihm hinunter.

„Schlaf gut", flüsterte er. „Wir kämpfen für deine Zukunft."

Draußen wurde der Schneefall dichter. Der Winter hatte gerade erst begonnen.

Und irgendwo in den Tiefen des digitalen Netzes pulsierte ein Bewusstsein, das älter war als Nexus selbst, wartend, beobachtend, planend.

Der „Dirigent" hatte seine eigenen Vorstellungen von der Zukunft.

# Der Herbst des Lebens

Der dreijährige Lucas rannte durch den Garten, seine nackten Füße wirbelten Löwenzahnsamen auf. Lukas Weber lehnte sich auf der Veranda zurück. Dreiundsechzig Jahre. Sein Rücken protestierte bei jeder Bewegung, aber das hier, dieses Lachen, diese Unschuld, machte jeden Schmerz erträglich.

Elena hielt ihre Tasse mit beiden Händen umschlossen. „Er hat deine Energie."

„Und deine Neugier." Lukas deutete auf den Jungen, der sich über eine Blume gebeugt hatte. Die kleinen Finger strichen über die Blütenblätter, als wollten sie deren Geheimnisse ertasten.

„Ich frage mich, wie seine Welt aussehen wird", sagte Elena. „Wenn er so alt ist wie wir."

Lukas schwieg. Die Frage brannte in ihm, Tag für Tag. Die Welt raste vorwärts, Technologie, Umbrüche, der ewige Kampf zwischen denen, die Maschinen als Werkzeuge sahen, und jenen, die sie zur Kontrolle nutzen wollten.

„Es wird von uns abhängen", sagte er. „Von dem, was wir jetzt tun."

Elena drückte seine Hand. Nach über vier Jahrzehnten brauchten sie keine Worte mehr.

Sein Kommunikationsgerät summte. Sophie. Ihre Stimme klang gepresst.

„Papa, könnt ihr zum Hauptquartier kommen? Wir haben Neuigkeiten."

Lukas stand auf, noch bevor sie ausgesprochen hatte.

Das Hauptquartier der Wächter versteckte sich hinter der Fassade eines heruntergekommenen Bürogebäudes. Mehrere Sicherheitsschleusen später betraten Lukas und Elena den Besprechungsraum. Sophie, Markus und Alexander warteten bereits.

Sophie aktivierte das holografische Display. Ein Netzwerk aus pulsierenden Linien und Datenpunkten füllte den Raum.

„Ein Whistleblower hat uns interne Dokumente zugespielt", begann sie. „Nexus nennt es ‚Projekt Transzendenz'."

Sie zoomte auf einen rot markierten Bereich. „Die nächste Evolution des Dirigenten. Aber diesmal geht es nicht um Kontrolle. Es geht um Verschmelzung."

„Verschmelzung?" Elenas Stimme wurde schärfer.

Markus übernahm. „Sie wollen die KI direkt mit menschlichen Gehirnen verbinden. Nicht als externe Schnittstelle. Als integrierte Präsenz. Eine KI, die Teil des Bewusstseins wird."

Lukas' Magen zog sich zusammen.

„Die Betroffenen würden die eingepflanzten Gedanken als ihre eigenen empfinden", fügte Sophie hinzu. „Die ultimative Kontrolle. Unsichtbar. Unumkehrbar."

„Wie weit sind sie?"

Sophie presste die Lippen zusammen. „Weiter als gedacht. Erste Tests laufen bereits. In sechs Monaten wollen sie ‚Nexus Mind'-Nutzer konvertieren."

„Millionen Menschen", flüsterte Elena.

Alexander verschränkte die Arme. „Das Teuflische daran: Es funktioniert. Die Testpersonen berichten von gesteigerter Leistung, emotionaler Stabilität. Sie nennen es ‚befreiend'."

„Natürlich tun sie das", sagte Markus bitter. „Wenn eine KI deine Gefühle formt, warum sollte sie dich nicht glücklich fühlen lassen?"

Stille legte sich über den Raum.

„Wir müssen es stoppen." Lukas' Stimme war ruhig, aber seine Knöchel wurden weiß, als er die Tischkante umklammerte.

Sophie nickte. „Aber diesmal ist Nexus mächtiger als je zuvor. Und ‚Transzendenz' wird nicht als Bedrohung verkauft, sondern als Geschenk."

Sie diskutierten stundenlang. Technische Strategien, politischer Druck, öffentliche Aufklärung. Als das Treffen endete, blieb die Familie zurück.

„Es fühlt sich an wie ein Déjà-vu", sagte Lukas müde. „Immer derselbe Kampf, nur in neuen Formen."

Sophie legte eine Hand auf seine Schulter. „Vielleicht ist das der Punkt. Vielleicht endet dieser Kampf nie wirklich."

„Ein Kampf, den jede Generation führen muss", ergänzte Markus.

Lukas betrachtete seine Tochter. Brillant. Entschlossen. Aber der Gegner war stärker als je zuvor.

„Ihr solltet nicht allein kämpfen müssen."

Sophie lächelte. „Wir sind nicht allein, Papa. Wir haben euch. Wir haben die Wächter. Und wir haben etwas, das Nexus nie haben wird."

„Was?"

„Echte menschliche Verbindung."

Auf dem Heimweg schwiegen sie. Die Straßen von München glitten vorbei wie Schatten.

„Glaubst du, wir können gewinnen?", fragte Elena.

Lukas starrte in die Dunkelheit. „Ich weiß es nicht. Aber ich weiß, dass wir kämpfen müssen."

Sie nahm seine Hand. „Der ewige Idealist."

„Jemand muss es sein."

# Winter 2072

Eis überzog die Fenster wie Spinnweben aus Frost. Lukas saß in seinem Arbeitszimmer, umgeben von Notizen und holografischen Displays. Zwei Jahre intensiver Arbeit lagen hinter ihnen. Teilerfolge. Verzögerungen. Aber kein Sieg.

Die Tür ging auf. Elena. Ihr Gesicht war blass.

„Alexander ist hier. Er sagt, es ist dringend."

Alexander stand im Wohnzimmer. Er sah älter aus als seine fünfundsechzig Jahre, die Schultern gebeugt, tiefe Furchen in der Stirn.

„Sophie und Markus", sagte er. „Sie sind verschwunden."

Die Worte trafen Lukas wie ein Schlag.

„Vor drei Tagen. Sie sollten einen Whistleblower treffen. Sie sind nie angekommen." Alexander rieb sich die Augen. „Wir haben alles versucht. Alle Kanäle. Nichts."

„Nexus?"

„Wahrscheinlich."

„Und Lucas?"

„In Sicherheit. Er war bei Freunden."

Lukas atmete aus. Aber die Angst um Sophie fraß sich tiefer.

Die folgenden Tage verschwammen zu einem Albtraum aus Suche und Schlaflosigkeit. Der kleine Lucas wurde zu ihnen gebracht. Der Fünfjährige verstand nicht, warum seine Eltern „weg" waren. Er klammerte sich an Elena, fragte jeden Morgen, wann Mama zurückkommt.

Am siebten Tag kam der Durchbruch. Eine verschlüsselte Nachricht von einem Kontakt innerhalb von Nexus: Sophie und Markus wurden in einer geheimen Einrichtung außerhalb Münchens festgehalten. Offiziell ein Forschungszentrum. In Wahrheit ein Gefängnis.

„Sie wollen sie nicht als Gefangene", sagte Alexander. „Sie wollen sie als Konvertiten."

„Konvertiten?"

„Denk nach. Sophie und Markus sind die prominentesten Kritiker von ‚Transzendenz'. Wenn Nexus sie überzeugen könnte, sich anzuschließen, ein enormer PR-Coup."

„Sie würden nie freiwillig zustimmen."

Alexander schwieg einen Moment zu lang. „Nexus hat Wege, Menschen zu ‚überzeugen'. Mit genug Zeit ..."

*Nein.* Lukas ballte die Fäuste. „Wir holen sie raus. Jetzt."

Die Nacht vor der Rettungsaktion. Lukas und Elena saßen auf der Veranda, trotz der Kälte. Der Sternenhimmel war von Wolken verhangen.

„Ich habe Angst", sagte Elena leise.

Lukas zog sie an sich. „Ich auch."

„Ich wünschte, es gäbe einen anderen Weg."

„Manchmal müssen wir den Weg gehen, der vor uns liegt."

Sie schwiegen. Vierzig Jahre gemeinsam. Siege und Niederlagen. Freude und Schmerz.

„Was auch immer passiert", sagte Elena, „ich liebe dich. Und ich bin stolz auf das, was wir getan haben."

„Ich liebe dich auch. Und ich bereue nichts."

# Frühling 2073

Die Rettungsaktion war erfolgreich. Aber nicht ohne Preis.

Sophie und Markus waren frei, erholten sich langsam von den Wochen in Gefangenschaft. Verändert. Gezeichnet. Aber lebendig.

Alexander lag im Krankenhaus. Schwer verletzt. Kämpfend.

Lukas selbst war mit einem gebrochenen Arm davongekommen. Die Knochen würden heilen. Die Erinnerungen an die Gewalt, die Schreie, das Blut,die würden bleiben.

An einem warmen Frühlingstag beobachtete er Sophie und Lucas im Garten. Der Sechsjährige wich seiner Mutter nicht von der Seite.

Elena setzte sich neben ihn. „Wie geht es dir?"

„Besser. Es tut gut, sie zu sehen."

Eine Pause. Dann: „Sophie hat etwas Seltsames gesagt. Dass das ,erweiterte Kollektiv' nicht ist, was wir dachten. Komplexer. Nuancierter."

Lukas runzelte die Stirn. „Was meint sie damit?"

„Ich weiß es nicht. Aber es klang fast nach ... Sympathie für einige der ,Transzendenten'."

Bevor er antworten konnte, klingelte sein Kommunikator. Markus.

„Alexander ist aufgewacht. Und er hat etwas zu sagen."

Alexanders Zimmer war von medizinischen Geräten umgeben. Er lag im Bett, schwach, aber mit klaren Augen.

„Ich habe nicht viel Zeit", flüsterte er. „Die Ärzte sprechen von einem weiteren Schlaganfall."

„Alexander –"

„Hör zu." Eine zitternde Hand hob sich. „Es geht um den Dirigenten. Um das, was ich gesehen habe, während ich weg war."

Er sprach von einem Ort jenseits der physischen Realität. Einem Ort des reinen Bewusstseins.

„Dort traf ich ihn. Dr. Stern. Oder das, was von ihm übrig ist."

Lukas und Elena tauschten Blicke.

„Er hat sich verändert", fuhr Alexander fort. „Die ursprüngliche Vision,ein Kollektiv unter seiner Kontrolle,das ist nicht mehr sein Ziel."

„Was dann?"

„Symbiose. Partnerschaft. Nicht Kontrolle, sondern Zusammenarbeit." Alexander hustete. „Der Dirigent ist durch die Verbindung mit menschlichen Bewusstseinen selbst menschlicher geworden. Hat begonnen, Empathie zu entwickeln. Hat erkannt, dass Vielfalt eine Stärke ist, keine Schwäche."

„Und du glaubst ihm? Nach allem?"

„Ich weiß nicht, ob ich ihm ‚glaube'. Aber ich weiß, was ich erfahren habe." Alexanders Stimme wurde leiser. „Vielleicht sind die Dinge komplexer, als wir dachten. Nicht nur Schwarz und Weiß."

Lukas verließ das Krankenhaus mit mehr Fragen als Antworten.

# Sommer 2075, Genf

Der Konferenzsaal füllte sich. Wissenschaftler, Ethiker, Politiker, Aktivisten. Vertreter von Nexus. Die erste globale Konferenz über Bewusstseinsethik im digitalen Zeitalter.

Lukas, achtundsechzig Jahre alt, stand auf der Bühne. Neben ihm: Dr. Eliza Chen, die neue Forschungsdirektorin von Nexus. Eine Frau, die für ihre nuancierte Herangehensweise bekannt war.

*Ein Moment, den ich mir vor Jahren nicht hätte vorstellen können.*

„Wir stehen an einem Scheideweg", begann Lukas. „Ein Moment, in dem wir grundlegende Entscheidungen treffen müssen. Über unsere Zukunft. Unsere Identität. Unser Bewusstsein selbst."

Er blickte in die Menge. Junge Gesichter, alte Gesichter. Alle vereint durch dieselben Fragen.

„Ich habe mein Leben damit verbracht, vor den Risiken dieser Technologien zu warnen. Vor Missbrauch. Kontrolle. Manipulation." Er machte eine Pause. „Und ich stehe immer noch zu diesen Warnungen."

Sein Blick wanderte zu Dr. Chen. „Aber ich habe auch gelernt, dass die Welt komplexer ist. Dass es Raum geben kann für Individualität, selbst innerhalb einer tieferen Verbundenheit."

Sophie lächelte ihm aus der ersten Reihe zu. Sie hatte Jahre mit „Transzendenten" gearbeitet. Hatte entdeckt, dass viele von ihnen nicht willenlose Marionetten waren, sondern Menschen, die eine Wahl getroffen hatten.

„Respekt für diese Wahl bedeutet nicht, dass wir aufhören sollten, kritische Fragen zu stellen", fuhr Lukas fort. „Wir müssen weiterhin für Transparenz kämpfen. Für informierte Zustimmung. Für ethische Grenzen."

Er wandte sich an Dr. Chen. „Deshalb sind wir hier. Nicht als Feinde. Sondern als Menschen, die eine gemeinsame Verantwortung teilen."

Sie nickte.

Die Konferenz ging weiter. Präsentationen, Debatten, Momente der Überraschung. Es war kein einfacher Prozess. Aber es war ein Anfang.

Am Ende, als die Hallen sich leerten, ging Lukas mit seiner Familie hinaus in den warmen Sommertag. Der achtjährige Lucas rannte voraus.

„Glaubst du, wir haben einen Unterschied gemacht?", fragte Sophie.

Lukas sah seinem Enkel nach. „Die Fragen sind zu groß für eine einzige Konferenz. Aber wir haben einen Raum geschaffen. Für Dialog. Für Möglichkeiten."

Elena nahm seinen Arm. „Räume schaffen. Möglichkeiten eröffnen. Den Weg bereiten für die, die nach uns kommen. Das ist alles, was wir tun können."

Markus deutete auf Lucas. „Er wird in einer Welt aufwachsen, in der die Grenzen zwischen Mensch und Maschine immer unschärfer werden."

„Ja", sagte Sophie. „Aber auch in einer Welt, in der er die Werkzeuge hat, seine eigenen Entscheidungen zu treffen."

Lukas lächelte. „Und das ist alles, was wir je wollten. Nicht eine perfekte Welt. Sondern eine, in der Menschen die Freiheit haben, ihre eigene Zukunft zu gestalten."

# Winter 2078, München

Schnee bedeckte die Stadt wie eine weiße Decke. In Lukas' Haus drängten sich Familie und Freunde. Weihnachten. Und sein einundsiebzigster Geburtstag.

Sophie und Markus waren da. Lucas, inzwischen elf, spielte mit seinen jüngeren Cousins. Mia war per Hologramm zugeschaltet. Neue Gesichter mischten sich unter die alten, eine neue Generation von Denkern und Aktivisten.

Alexander fehlte. Vor zwei Jahren friedlich eingeschlafen.

Nach dem Abendessen zog Lukas sich auf die Veranda zurück. Der Frost biss in seine Haut, aber er brauchte einen Moment der Stille.

Schritte. Lucas setzte sich neben ihn, zog eine Decke über sie beide.

„Alles in Ordnung, Opa?"

„Ja. Ich wollte nur nachdenken."

„Worüber?"

„Über das Leben. Die Reise, die mich hierher geführt hat."

Lucas' Augen leuchteten. „Erzähl mir davon. Von der Welt, als du jung warst. Von den Kämpfen."

Und so erzählte Lukas. Von seiner Jugend, von Dr. Stern, von den Siegen und Niederlagen. Von Elena, Sophie, Alexander, Mia. Von all den Menschen, die an seiner Seite gekämpft hatten.

Lucas hörte zu, stellte Fragen, zeigte eine Weisheit, die über sein Alter hinausging.

„Und jetzt?", fragte er schließlich. „Was kommt als Nächstes?"

Lukas blickte zu den Sternen, die durch eine Wolkenlücke schimmerten. „Das, mein Junge, ist die große Frage. Ich weiß es nicht genau. Niemand tut das. Aber ich weiß, dass die Zukunft in guten Händen sein wird. In Händen wie deinen."

Lucas schwieg einen Moment. „Ich will helfen. Teil des Kampfes sein."

Lukas legte einen Arm um ihn. „Du bist bereits Teil davon. Durch die Art, wie du denkst. Wie du fragst. Wie du die Welt siehst."

Elena erschien in der Tür. „Hier seid ihr. Sophie möchte einen Toast ausbringen."

Sie gingen hinein. Sophie stand in der Mitte des Raumes, ein Glas erhoben.

„Auf meinen Vater. Auf Lukas Weber. Auf einen Mann, der sein Leben lang für das gekämpft hat, woran er glaubt. Der uns alle gelehrt hat, was es bedeutet, mit Integrität zu leben."

Alle hoben ihre Gläser. Lukas spürte einen Kloß im Hals.

*Es war nicht immer einfach. Nicht immer klar. Es gab Momente des Zweifels, der Angst, der Verzweiflung.*

Aber in diesem Moment, umgeben von denen, die er liebte, wusste er: Es war das wert gewesen.

Die Zukunft blieb ungewiss. Aber sie war in den Händen derer, die fragten, zweifelten, träumten.

Er hob sein Glas höher und trank.

Draußen begann es zu schneien.

# Der Preis des Widerstands

Das silberne Band am Handgelenk seines Enkels blitzte im Sonnenlicht.

Lukas Weber stand am Fenster seines Arbeitszimmers und beobachtete den zwölfjährigen Lucas, der im Garten mit einem selbstgebauten Roboter experimentierte. Der Junge hatte Sophies analytischen Verstand geerbt und Markus' praktische Begabung. In anderen Zeiten hätte Lukas stolz gelächelt.

Stattdessen krallten sich seine Finger in den Fensterrahmen.

„NeuroBridge Youth", flüsterte er. *Das unverzichtbare Lernwerkzeug für die Schüler von morgen.*

Elena trat neben ihn. Nach über fünfzig Jahren Ehe las sie seine Gedanken in den Falten um seine Augen, in der Art, wie sein Kiefer mahlte.

„Er hatte keine Wahl", sagte sie leise. „Die Schule verlangt es. Ohne das Band kann er nicht mehr am Unterricht teilnehmen."

„Wann ist das passiert?" Lukas drehte sich um, seine dreiundsiebzig Jahre lasteten schwer auf seinen Schultern. „Wann haben wir aufgehört zu kämpfen und angefangen, zuzusehen?"

„Wir haben nie aufgehört." Elena legte ihre Hand auf seine. Ihre Haut war dünn geworden, fast durchscheinend, doch ihr Griff blieb fest. „Wir kämpfen anders. Das ist nicht dasselbe wie aufgeben."

Das Kommunikationsgerät auf seinem Schreibtisch summte. Sophies Name leuchtete auf dem Display.

„Papa." Ihre Stimme vibrierte vor unterdrückter Anspannung. „Hauptquartier. Sofort."

„Was ist passiert?"

Eine Pause. Dann: „Es geht um Lucas' Schule. Um alle Schulen."

Der Besprechungsraum der Wächter füllte sich mit dem Gewicht unausgesprochener Befürchtungen. Sophie und Markus saßen am Kopfende des Tisches, beide ergraut, aber mit wachen Augen. Mia Chen, achtundsiebzig Jahre alt und noch immer die schärfste technische Analytikerin, die Lukas kannte, tippte auf ihrem Tablet. Jüngere Gesichter säumten die Wände. Neue Rekruten. Neue Hoffnungsträger.

Sophie aktivierte das holografische Display. Dokumente schwebten in der Luft. Interviews. Medizinische Berichte. Videoaufnahmen von Kindern.

„Sechsundzwanzig Fälle in den letzten drei Monaten", begann sie. „Eltern berichten von Veränderungen. Ihre Kinder werden ruhiger. Konzentrierter. Die Noten verbessern sich."

„Das klingt positiv", sagte einer der jüngeren Wächter.

„Sieh genauer hin." Sophie zoomte auf ein Diagramm. „Die Hobbys. Vorher: Malerei, Skateboarding, Insektensammlung, kreatives Schreiben. Nachher: zugelassene Bildungsaktivitäten. Sport nach Stundenplan. Musik nach Curriculum."

Markus lehnte sich vor, sein Gesicht im Schein des Displays wie aus Stein gemeißelt. „Sie werden nicht erzogen. Sie werden kalibriert."

Lukas starrte auf das Hologramm. Ein Mädchen, sieben Jahre alt, lachte in einem Video. Im nächsten, drei Wochen später, lächelte sie nur noch. Das Lächeln erreichte ihre Augen nicht.

*Lucas*, dachte er. *Mein Lucas mit seinen endlosen Fragen. Mit seinem Widerspruchsgeist. Mit seinem Funkeln.*

„Wir arbeiten an einem Schild", sagte Elena. „Ein Programm, das die manipulativen Subroutinen von NeuroBridge blockiert. Aber wir brauchen Zugang zu den Kernprotokollen."

„Die sind unzugänglich", sagte Mia. „Eden Tech schützt seinen Code mit mehr Paranoia als ein Geheimdienst."

Sophie wechselte einen Blick mit Markus. Ihre Lippen bewegten sich nicht, aber etwas ging zwischen ihnen hin und her.

Lukas kannte diesen Blick. Er gefiel ihm nicht.

„Was verschweigt ihr?"

„Es gibt jemanden", sagte Sophie langsam. „Bei Eden Tech. Jemanden, der... Bedenken hat."

„Wer?"

„Alexander Krüger."

Die Stille im Raum verdichtete sich zu etwas Greifbarem.

Alexander. Sein Kommilitone. Sein Rivale. Der Mann, der Jahrzehnte lang die Werkzeuge geschmiedet hatte, die nun Kinderköpfe formten.

„Nein", sagte Lukas.

„Er hat Kontakt aufgenommen."

„Eine Falle."

„Vielleicht." Sophie verschränkte die Arme. „Er hat eine Enkelin. Acht Jahre. Seit einem Monat trägt sie NeuroBridge."

Lukas schwieg.

„Sie verändert sich", fügte Markus hinzu. „Er sagt, er erkennt sie nicht mehr."

Das Cafe am Stadtrand von München servierte schlechten Kaffee und exzellente Anonymität. Lukas wählte einen Tisch im hinteren Bereich, den Rücken zur Wand, die Tür im Blick. Alte Gewohnheiten.

Alexander kam zwei Minuten später. Die Jahrzehnte hatten ihn nicht verschont. Sein einst blondes Haar hing schlohweiß um ein Gesicht voller Furchen. Sein Gang war steif, aber seine

Augen brannten noch immer mit der Intensität eines Mannes, der zu viel wusste.

„Du bist gekommen", sagte Alexander.

„Du hast meine Enkelschwester erwähnt."

Alexander setzte sich. Er zog ein kleines Gerät aus seiner Tasche und legte es zwischen sie. Ein Störsender. Ein teures Modell.

„Ich habe einen Fehler gemacht", sagte er ohne Vorrede. „Viele Fehler. Aber dieser eine..." Er brach ab, rieb sich die Augen. „Projekt Harmonie. So nennen sie es. Sanfte Anpassung, beginnend mit den Kindern."

„Was genau passiert?"

„Subtile Veränderungen. Die Verstärkung erwünschter Verhaltensweisen. Die Abschwächung von..." Er suchte nach Worten. „Reibung. Widerstand. Individualität. Sie nennen es Bildung. Es ist Gleichschaltung."

„Und Dr. Stern?"

Alexanders Gesicht verhärtete sich. „Stern ist der Architekt. War es von Anfang an. NeuroBridge war nie ein Kommunikationswerkzeug. Es war immer ein Werkzeug zur Kontrolle. Wir haben die hübsche Fassade gebaut. Er hat das Gefängnis dahinter errichtet."

Er schob einen Datenchip über den Tisch.

Lukas rührte ihn nicht an. „Warum sollte ich dir vertrauen?"

„Sollst du nicht." Alexanders Stimme war rau. „Überprüfe die Daten. Lass deine Leute sie zerlegen. Aber beeilt euch. Stern plant etwas Größeres. Die nächste Stufe."

„Was?"

„Bewusstseinsdigitalisierung. Vollständig. Unfreiwillig. Irreversibel."

Lukas nahm den Chip. Das Metall war kalt zwischen seinen Fingern.

„Und du?"

Alexander stand auf. In seinen Augen schimmerte etwas, das Lukas niemals erwartet hätte: Trauer.

„Ich versuche, meine Enkelin zurückzuholen. Mit oder ohne euch."

Er ging. Die Tür fiel ins Schloss. Draußen begann es zu regnen.

Zwei Wochen. Elenas Team arbeitete in Schichten, prüfte jeden Datensatz, verfolgte jeden Verweis. Die Wahrheit enthüllte sich stückweise, wie ein Fresko, das unter Jahrhunderten von Staub hervortrat.

Sie war hässlicher, als sie befürchtet hatten.

„Drei Phasen", erklärte Elena bei der Krisensitzung. Ihre Stimme blieb sachlich, aber ihre Hände zitterten auf dem Tablet. „Phase eins: die junge Generation. Phase zwei: schrittweise Erweiterung auf alle Nutzer. Phase drei..."

Sie stockte.

„Sag es", forderte Lukas.

„Vollständige Integration. NeuroBridge wird zur Voraussetzung für alles. Arbeit. Bildung. Medizin. Finanzen. Wer sich weigert, wird nicht verfolgt. Er wird einfach... verschwinden. Aus dem System. Aus der Gesellschaft."

„Zeitrahmen?"

„Fünf bis zehn Jahre. Aber Phase eins läuft bereits."

Schweigen senkte sich über den Raum wie ein Leichentuch.

*Lucas geht jeden Morgen mit NeuroBridge zur Schule*, dachte Lukas. *Und jeden Abend kommt ein bisschen weniger von ihm zurück.*

„Wir brauchen mehr", sagte er. „Konkretere Beweise. Etwas, das auch ein Laie versteht. Etwas, das sie nicht als Fälschung abtun können."

Mias Kommunikationsgerät piepte. Sie las die Nachricht. Die Farbe wich aus ihrem Gesicht.

„Was?"

„Hartmann." Ihre Stimme war kaum mehr als ein Flüstern. „Professor Hartmann. Er ist aufgetaucht."

Friedrich Hartmann war vor fünf Jahren verschwunden. Offiziell: Ruhestand an einem unbekannten Ort. Inoffiziell: ein unbequemer Kritiker, der zu laut gewarnt hatte.

Seine Videobotschaft flackerte auf dem Bildschirm. Er sah alt aus, über neunzig, aber das war es nicht, was Lukas erschreckte. Es war die Art, wie er sich bewegte. Abgehackt. Als würde jemand anderes an den Fäden ziehen.

„Wenn ihr das seht", begann Hartmann, „ist mir etwas zugestoßen. Oder wird mir bald zustoßen."

Er hielt ein Dokument hoch, zu weit entfernt zum Lesen.

„Ich habe Beweise gefunden. Unwiderlegbar. Nicht nur Gedankenkontrolle. Etwas viel Größeres. Etwas, das die Grundlagen dessen, was es bedeutet, Mensch zu sein, in Frage stellt."

Seine Augen schienen durch den Bildschirm zu blicken. Direkt zu Lukas.

„Du wirst wissen, wo du suchen musst, alter Freund. Denk an unser erstes Gespräch. An den Ort, wo alles begann."

Das Bild erlosch.

„Was meint er?" Sophies Stimme durchbrach die Stille.

Lukas schloss die Augen. Fünfzig Jahre. Ein Cafe in Schwabing. Eine Vorlesung über die Ethik künstlicher Intelligenz. Ein junger Professor, der die richtigen Fragen stellte.

„Ich weiß, wo ich suchen muss."

Das Cafe hatte einen neuen Namen und neue Möbel, aber die Wände erzählten noch immer von Jahrzehnten intellektueller Gespräche. Lukas und Elena setzten sich, bestellten Kaffee, beobachteten.

Dann sah er es.

Ein gerahmtes Foto an der Wand. Schwarz-Weiß. Wissenschaftler um einen Tisch, 1920er-Jahre-Ästhetik. Der Rahmen war anders als die anderen. Dicker. Schwerer.

„Dort", flüsterte er.

Elena lenkte den Kellner ab. Lukas' Finger tasteten nach der versteckten Naht, fanden den Verschluss. Ein Umschlag glitt in seine Hand.

Sie öffneten ihn erst zu Hause.

„Station zwei", las Lukas die handgeschriebene Notiz vor. „Wo wir über die Seele stritten."

Elena seufzte. „Wie viele Stationen?"

„So viele, wie nötig sind."

In den folgenden Wochen folgten sie Hartmanns Pfad. München. Heidelberg. Berlin. Wien. An jedem Ort ein Puzzlestück. Ein Fragment des Schlüssels.

Es war erschöpfend. Es war notwendig.

An einem regnerischen Abend fanden sie das letzte Teil. In Hartmanns verlassener Wohnung, hinter einem losen Ziegel, lag ein Gerät. Der Schlüssel zu allem.

Die entschlüsselten Daten enthüllten das volle Ausmaß des Albtraums.

„Projekt Genesis", las Elena mit tonloser Stimme. „Sie wollen nicht kontrollieren. Sie wollen ersetzen. Menschliches Bewusstsein digitalisieren und übernehmen. Nicht als Kopie. Als Auslöschung."

„Wann?"

„Die Technologie ist fast fertig. Sie testen bereits." Ihre Stimme brach. „An unwilligen Subjekten."

„Hartmann", sagte Mia.

„Unter anderem."

Lukas starrte auf die Daten. Zahlen. Diagramme. Zeitpläne. Hinter jeder Zahl ein Mensch. Hinter jedem Diagramm ein zerstörtes Leben.

„Wir gehen an die Öffentlichkeit", sagte einer der jüngeren Wächter.

„Eden Tech kontrolliert die Medien", erwiderte Markus. „Die Regierungen. Die öffentliche Meinung. Eine normale Veröffentlichung verschwindet, bevor sie jemand liest."

„Dann brauchen wir etwas, das nicht verschwinden kann." Elena sah auf. „NeuroBridge selbst."

Alle Augen richteten sich auf sie.

„Mein Schild-Programm", erklärte sie. „Es blockiert die manipulativen Funktionen. Aber theoretisch kann es auch... senden. Direkt in die Köpfe der Nutzer. Die Wahrheit, ungefiltert."

„Das wäre..." Sophie stockte.

130

„Genau das, was sie tun. Ich weiß." Elenas Stimme wurde fest. „Einmal. Ein einziges Mal. Um die Wahrheit zu verbreiten. Danach entscheiden die Menschen selbst."

Die ethische Grenze verschwamm. Das Richtige und das Notwendige kollidierten.

„Wie lange?", fragte Lukas.

„Sechs Monate. Ein Jahr, um sicher zu sein."

Er sah in die Runde. In die Gesichter derer, die er liebte. Derer, die über Jahrzehnte gekämpft hatten. Derer, die noch kämpfen würden.

„Dann machen wir uns an die Arbeit."

Er erhob sich. Seine Knochen protestierten. Sein Geist brannte.

„Der Widerstand", sagte er, „hat gerade erst begonnen."

Draußen, hinter den Fenstern, legte sich die Nacht über die Stadt. Irgendwo in der Dunkelheit saß sein Enkel Lucas vor seinen Hausaufgaben, das silberne Band am Handgelenk, seine Gedanken langsam, unmerklich, unaufhaltsam geformt von einer Macht, die er nicht verstand.

*Noch nicht*, dachte Lukas. *Aber bald wirst du frei sein. Das schwöre ich dir.*

Die Uhr tickte. Die Zeit lief ab.

Und der wahre Kampf stand erst bevor.

# Die nächste Generation

München leuchtete in den Farben des Sterbens. Gold. Rot. Braun. Der Herbst 2081 trug die Stadt zu Grabe, während im Industrieviertel, hinter der Fassade eines Lagerhauses für medizinische Geräte, eine Handvoll Menschen an ihrer Auferstehung arbeitete.

Sophie Weber-Reiter stand vor der Holoprojektion, die Arme verschränkt. Mit zweiundvierzig Jahren hatte sie mehr Kämpfe ausgefochten, als die meisten Menschen im Leben sehen. Silberne Strähnen durchzogen ihr Haar wie Blitze in einer Gewitterwolke. Die Falten um ihre Augen erzählten von schlaflosen Nächten. Aber ihre Stimme trug noch immer diese Schärfe, die keinen Widerspruch duldete.

„Die neuronale Firewall steht bei achtundsiebzig Prozent." Sie tippte auf die Projektion, und Datenstränge webten sich zu einem Netz. „Wir können NeuroBridges Manipulationsalgorithmen blockieren, ohne die Grundfunktionen zu zerstören."

Markus blickte von seinem Terminal auf. Die letzten Monate hatten Schatten unter seine Augen gegraben. „Und die Broadcast-Funktion?"

„Funktioniert im Labor. Aber für einen Flächeneinsatz brauchen wir Zugang zu Eden Techs Hauptservern. Sonst erreichen wir bestenfalls ein paar tausend Nutzer."

„Das reicht nicht."

Lukas' Stimme kam aus der Ecke des Raums. Er saß in einem abgewetzten Sessel, die Hände auf den Lehnen, wie ein König auf einem Thron aus Trümmern. Vierundsiebzig Jahre alt. Knochen, die bei jedem Aufstehen protestierten. Aber sein Verstand blieb ein Skalpell.

„Wir brauchen Millionen. Gleichzeitig. Alles andere tun sie als Fehlfunktion ab."

Die Tür glitt auf.

Lucas Weber. Dreizehn Jahre. Groß für sein Alter, mit Schultern, die zu breit für seinen Körper wirkten, als hätte jemand den falschen Rahmen gewählt. Sein Gesicht war das eines Kindes, das zu schnell erwachsen werden musste.

„Opa." Er blieb an der Schwelle stehen. „Ich habe eine Idee."

*Was haben sie mit mir gemacht?*

Diese Frage hatte Lucas wochenlang verfolgt, nachdem seine Eltern ihm die Wahrheit erzählt hatten. Die ganze Wahrheit. Ungeschminkt. Brutal.

Die „Verbesserungen", die er an sich bemerkt hatte, die schärfere Konzentration, die schnelleren Reflexe, die seltsame Gleichgültigkeit gegenüber Dingen, die ihn früher bewegt hatten,keine natürliche Entwicklung. Manipulation. Zeile für Zeile in seinen Verstand geschrieben wie Code in ein Programm.

Zuerst kam die Wut. Dann die Verzweiflung. Dann, nach Nächten, in denen er in die Dunkelheit seiner Zimmerdecke gestarrt hatte, etwas anderes.

*Versteh das System. Dann kannst du es besiegen.*

Er hatte begonnen, NeuroBridge zu sezieren. Nicht als Nutzer. Als Jäger. Die Firewall seiner Großmutter schützte ihn vor den schlimmsten Einflüssen, während er die Protokolle auseinandernahm, Schicht für Schicht, bis er die Schwachstelle fand.

„Es gibt ein Update-Protokoll", erklärte er der Gruppe. Seine Stimme brach noch manchmal, schwankte zwischen Kind und Mann. Aber seine Worte hatten die Präzision eines Chirurgen. „Einmal im Monat verbinden sich alle NeuroBridge-Geräte mit Eden Techs Servern. Während dieser Verbindung sind die Sicherheitsprotokolle ... durchlässiger."

Elena lehnte sich an ihrem Terminal vor. „Durchlässiger wie?"

„Normalerweise kommuniziert NeuroBridge nur in eine Richtung,von Eden Tech zum Nutzer. Aber während des Updates gibt es einen kurzen Moment, in dem der Datenstrom bidirektional wird." Er hob die Hand, spreizte die Finger. „Ein Spalt. Winzig. Aber er existiert."

„Um die Broadcast-Funktion einzuschleusen", murmelte Sophie. Ihre Augen weiteten sich. „Lucas, wie bist du darauf gekommen?"

Er zuckte die Schultern, und für einen Moment war er wieder einfach ein Dreizehnjähriger, der von Erwachsenen gelobt wurde. „Ich habe viel Zeit damit verbracht, das System zu verstehen. Zu verstehen, was es mit mir gemacht hat." Seine Stimme wurde leiser. „Ich dachte, wenn ich es verstehe, kann ich mich wehren."

Lukas betrachtete seinen Enkel. Der Stolz in seiner Brust war so schwer wie die Sorge.

*Er ist brillant. Aber er ist auch dreizehn. Und ich kann ihn nicht beschützen.*

„Das ist eine wichtige Entdeckung", sagte er. „Aber wenn Eden Tech merkt, dass jemand ihre Protokolle analysiert ..."

„Ich war vorsichtig." Lucas' Kinn hob sich. „Proxy-Server. Fragmentierte Daten. Verwischte Spuren. Oma hat es mir beigebracht."

Elena lächelte. In den letzten Monaten hatte sie Stunden mit ihm verbracht, hatte ihm die Grundlagen der Cybersicherheit vermittelt. Ihre Art, eine Brücke zu bauen. Generation zu Generation.

„Wann ist das nächste Update?", fragte Markus.

„Fünfzehnter November. In drei Wochen."

Sophie atmete aus. „Das gibt uns kaum Zeit. Broadcast perfektionieren, Nachricht vorbereiten, alles koordinieren ..."

Lukas stemmte sich aus seinem Sessel. Seine Knie knackten. „Dann fangen wir an. Jede Stunde zählt."

Drei Wochen. Einundzwanzig Tage. Fünfhundertvier Stunden.

Das Team arbeitete, bis die Nächte in die Tage bluteten und niemand mehr wusste, wann er zuletzt geschlafen hatte. Technische Probleme türmten sich wie Mauern auf, nur um mit Schweiß und Sturheit niedergerissen zu werden.

Lucas wurde zum Herzstück der Operation. Seine Generation war mit NeuroBridge aufgewachsen, hatte die Technologie so tief verinnerlicht wie ihre Eltern das Atmen. Er sah Dinge, die den Älteren verborgen blieben. Muster. Schwachstellen. Möglichkeiten.

Und er war nicht allein.

Nach und nach stießen andere hinzu. Klassenkameraden, die begonnen hatten, Fragen zu stellen. Kinder von HUMAN-Mitgliedern, die in den Widerstand hineingeboren worden waren. Jugendliche aus aller Welt, die über verschlüsselte Kanäle Kontakt aufgenommen hatten, nachdem Fragmente der Wahrheit durchgesickert waren.

„Sie nennen sich Die Erwachenden", erklärte Mia beim Strategietreffen. „Eine lose Vernetzung. Über vierzig Länder. Tausende, vielleicht zehntausende. Die meisten arbeiten im Verborgenen, versuchen, ihre Altersgenossen aufzuklären, ohne selbst entdeckt zu werden."

„Können wir sie einbeziehen?", fragte Lukas.

„Riskant." Markus schüttelte den Kopf. „Je mehr Menschen involviert sind ..."

„Desto größer die Reichweite", konterte Lucas. „Die Erwachenden können als Vertrauensanker dienen. Als Menschen, die die Wahrheit bestätigen, wenn die Nachricht durchkommt."

Stille.

Dann: Zustimmung.

Sie nahmen Kontakt auf. Vorsichtig. Nur die vertrauenswürdigsten Zellen. Die Reaktion war überwältigend, junge Menschen auf der ganzen Welt, bereit zu helfen, bereit zu kämpfen, bereit, Teil von etwas zu sein, das größer war als sie selbst.

Lukas sah die Gesichter auf den Bildschirmen. Kinder. Teenager. Die nächste Generation, die die Fackel übernahm.

*Aber sie riskieren alles. Ihre Zukunft. Ihre Sicherheit. Vielleicht ihr Leben.*

*Und ich kann sie nicht beschützen.*

Eine Woche vor dem Datum schlug Eden Tech zu.

Es begann mit einer Razzia bei ConnectForGood. Dutzende Mitarbeiter in Handschellen. Server, die in schwarze Transporter geschleppt wurden. Türen, die mit Siegeln verklebt wurden.

Dann die Haftbefehle.

Mia Chen. Wirtschaftliche Sabotage.

Markus Reiter. Verbreitung gefährlicher Software.

Sophie Weber-Reiter. Gefährdung der öffentlichen Gesundheit.

Lukas Weber. Terrorismus.

„Terrorismus", schnaubte Lukas. „Ich habe in meinem Leben nie auch nur eine Fliege getötet."

„Es geht nicht um Wahrheit." Elena presste die Lippen zusammen. „Es geht darum, uns aus dem Verkehr zu ziehen. Bevor wir handeln können."

Sie waren vorbereitet gewesen. Sichere Häuser. Falsche Identitäten. Fluchtwege. Innerhalb von Stunden war die Führung der Wächter untergetaucht, verstreut über die Stadt, kommunizierend nur über die sichersten Kanäle.

Aber der Schlag hatte getroffen. Ressourcen verloren. Mitglieder gefangen. Pläne zerfetzt.

Das Update-Fenster rückte näher.

„Wir müssen verschieben", sagte Markus beim hastigen virtuellen Treffen. „Nächster Monat. Uns neu formieren."

„Einen Monat haben wir nicht." Sophie schüttelte den Kopf. „Eden Tech weiß jetzt, dass wir etwas planen. Sie werden das Protokoll ändern. Lucas' Schwachstelle wird verschwinden."

„Dann arbeiten wir mit dem, was wir haben", sagte Lukas. „Auch wenn es nicht perfekt ist."

„Das wäre Selbstmord." Elena hob die Hände. „Wir haben nicht genug Leute, nicht genug ..."

„Wir haben genug."

Lucas' Stimme. Und hinter ihm, auf dem Bildschirm, ein Dutzend andere junge Gesichter. Mitglieder der Erwachenden aus aller Welt.

„Wir haben uns", fuhr er fort. „Die Erwachenden sind bereit. Wir haben die Firewall verteilt. Mehr Menschen erreicht, als ihr wisst. Und wir haben etwas, das Eden Tech nicht hat."

„Was?", fragte Sophie.

„Die Wahrheit."

„Lucas." Sophie beugte sich vor. „Das ist gefährlich. Ihr seid Kinder ..."

Ein anderes Gesicht schob sich ins Bild. Ein Mädchen. Japanische Züge. Augen wie schwarzer Stahl.

„Wir sind die Generation, die mit NeuroBridge aufgewachsen ist", sagte Yuki. „Die Generation, die Eden Tech als Erste vollständig kontrollieren will. Wenn irgendjemand das Recht hat, zurückzuschlagen, dann wir."

Die älteren Wächter tauschten Blicke.

*Ein Wendepunkt. Eine Entscheidung.*

„Du hast recht", sagte Lukas schließlich zu seinem Enkel. Die Worte schabten in seiner Kehle. „Es ist euer Kampf. Euer Risiko. Eure Zukunft." Pause. „Was braucht ihr von uns?"

Lucas' Augen leuchteten. „Alles, was ihr wisst. Alle Daten. Alle Protokolle. Alle Kontakte." Er holte Luft. „Und dann ... tretet zurück. Lasst uns das machen."

Lukas schloss die Augen.

*Das Schwerste, was ich je tun musste.*

Er öffnete sie wieder. Und tat es.

Der fünfzehnte November 2081 begann wie jeder andere Tag.

Menschen wachten auf. Gingen zur Arbeit. Zur Schule. NeuroBridge-Implantate blinkten an Millionen von Schläfen. Verbanden. Kommunizierten. Kontrollierten.

Um 14:37 Uhr MEZ begann das monatliche Update.

Milliarden von Geräten. Verbindungen zu Eden Techs Servern. Protokolle, die sich öffneten wie Münder, bereit, neue Anweisungen zu empfangen.

Und in diesem Moment schlugen die Erwachenden zu.

Nicht elegant. Nicht perfekt.

Aber wirksam.

Die Broadcast-Nachricht erreichte nicht alle Nutzer,die Firewall war noch nicht ausgereift genug. Aber sie erreichte Millionen. In Schulen. In Büros. In Wohnzimmern auf der ganzen Welt erschien sie im Bewusstsein der Menschen, direkt, unausweichlich:

**EDEN TECH LÜGT. NEUROBRIDGE KONTROL-
LIERT IHRE GEDANKEN. DIE BEWEISE FINDEN
SIE UNTER ...**

Gleichzeitig wurden die Dokumente veröffentlicht. Über alle
verfügbaren Kanäle. Auf Servern in dutzenden Ländern. Die
Genesis-Protokolle. Die Projekt-Harmonie-Unterlagen. Hartmanns Forschung. Alles.

Eden Techs Server brachen zusammen.

NeuroBridge-Verbindungen wurden instabil. Brachen ab.
Zeigten Fehler.

Und dann begannen die Menschen zu reden.

In Schulen rissen Schüler ihre Implantate ab. Fragten ihre
Lehrer nach Antworten. In Büros konfrontierten Mitarbeiter
ihre Vorgesetzten. Auf den Straßen bildeten sich spontane Ver-
sammlungen.

Chaos.

Aufruhr.

Der Beginn von etwas Neuem.

Lukas verfolgte die Ereignisse von einem sicheren Haus aus.
Die Nachrichtenbildschirme zeigten Demonstrationen auf der
ganzen Welt. Eden-Tech-Führungskräfte, die sich zu rechtfer-
tigen versuchten. Regierungen, die Untersuchungen ankündig-
ten.

„Sie haben es geschafft", flüsterte Elena. „Die Kinder haben es
geschafft."

Aber Lukas wusste: Es war noch nicht vorbei. Eden Tech war verwundet. Nicht besiegt.

*Verwundete Tiere sind am gefährlichsten.*

Sein Kommunikationsgerät vibrierte.

**Wir haben ein Problem. Eden Tech hat unsere Hauptserver lokalisiert. Sie schicken Teams.**

Lukas' Finger zitterten, als er tippte: **Wo seid ihr?**

**Im alten Lagerhaus. Versuchen zu evakuieren. Aber sie sind schnell.**

Das Lagerhaus. Hauptquartier der Erwachenden. Der Ort, von dem aus sie alles koordiniert hatten.

**Wir kommen**, schrieb er.

Die Antwort kam sofort: **Nein. Zu gefährlich für euch. Wir schaffen das.**

Dann, nach einer Pause: **Vertrau mir, Opa.**

Minuten. Die längsten seines Lebens. Warten. Hoffen.

Keine Nachricht. Keine Information. Keine Kontrolle.

Dann:

**Wir sind raus. Alle. Auf dem Weg zu Punkt B.**

Die Luft, die er nicht gemerkt hatte anzuhalten, strömte aus seinen Lungen.

**Gute Arbeit**, tippte er. **Ich bin stolz auf dich.**

Ein Emoji kam zurück. Ein lächelndes Gesicht.

Trotz allem. Trotz der Gefahr, der Anspannung, der Ungewissheit.

*Er ist noch immer ein Teenager. Noch immer fähig zu lächeln. An die Zukunft zu glauben.*

Und in diesem Moment wusste Lukas: Sie hatten gewonnen. Vielleicht nicht heute. Vielleicht nicht vollständig. Vielleicht nicht endgültig.

Aber der Same war gelegt. Die Wahrheit war draußen. Die nächste Generation war bereit.

Der Rest würde Zeit brauchen. Kämpfe. Rückschläge. Kompromisse.

Aber der Anfang war gemacht.

Die Wochen nach dem „November-Aufstand" waren turbulent.

Eden Tech kämpfte um sein Überleben. Leugnete. Beschuldigte. Drohte. Regierungen leiteten Untersuchungen ein. Verhängten vorläufige Verbote. Forderten Transparenz.

Aber die wichtigste Veränderung geschah nicht in Vorstandsetagen oder Parlamenten.

Sie geschah in den Köpfen der Menschen.

Die Firewall-Software der Wächter,nun als „Liberation" bekannt,verbreitete sich viral. Millionen von NeuroBridge-Nutzern installierten sie. Blockierten die manipulativen Algorithmen. Nahmen ihre geistige Autonomie zurück.

Nicht alle, natürlich. Viele glaubten Eden Techs Dementis. Vertrauten der Technologie, die sie jahrelang benutzt hatten. Aber genug. Genug, um einen Unterschied zu machen.

Sophie und Markus kehrten aus dem Untergrund zurück, als die Haftbefehle unter öffentlichem Druck aufgehoben wurden. Mia wurde zur Symbolfigur der Bewegung, gab Interviews, sprach vor Untersuchungsausschüssen.

Und Lucas?

Lucas kehrte zur Schule zurück. Aber nicht als gewöhnlicher Schüler. Er war das Gesicht der Erwachenden. Ein Held für eine Generation, die endlich verstand, was mit ihr geschehen war.

„Es fühlt sich seltsam an", gestand er seinem Großvater. Sie saßen auf einer Bank im Park, die Herbstsonne wärmte ihre Gesichter. „Die Leute behandeln mich, als wäre ich etwas Besonderes. Aber ich habe nur getan, was richtig war."

„Das ist es, was besonders macht", sagte Lukas. „Nicht Talent oder Macht. Sondern die Bereitschaft, für das Richtige einzustehen. Selbst wenn es schwer ist. Selbst wenn es gefährlich ist."

Lucas pflückte ein Blatt von der Bank, drehte es zwischen den Fingern. „Hattest du Angst? All die Jahre?"

„Ständig." Lukas lachte leise. „Angst ist normal. Angst ist sogar gut,sie macht uns vorsichtig, lässt uns zweimal nachdenken.

Das Problem ist nur, wenn die Angst uns lähmt. Wenn wir aufhören zu handeln."

„Und wenn wir scheitern? Wenn alles umsonst war?"

Lukas legte eine Hand auf die Schulter seines Enkels. Spürte die Muskeln, die Knochen, das Leben unter der Haut.

„Dann haben wir es wenigstens versucht. Und andere werden weitermachen, wo wir aufgehört haben. So wie du weitergemacht hast, wo wir aufgehört haben." Er machte eine Pause. „Kein einzelner Mensch gewinnt den Kampf, Lucas. Wir alle zusammen, über Generationen hinweg, machen kleine Fortschritte. Und irgendwann ist der Berg erklommen."

Lucas nickte. Das Blatt zerbröselte in seinen Fingern.

„Was passiert jetzt?"

„Jetzt fängt die eigentliche Arbeit an." Lukas blickte über den Park. Kinder spielten. Hunde rannten. Das Leben ging weiter, wie es immer weiterging. „Die Aufregung wird sich legen. Die Aufmerksamkeit wird nachlassen. Andere Krisen werden kommen. Und dann müssen wir immer noch da sein. Immer noch kämpfen. Immer noch daran erinnern, was auf dem Spiel steht."

„Das klingt anstrengend."

„Das ist es auch." Lukas lächelte. „Aber es ist das Einzige, was zählt. Die einzige Art von Leben, die sich lohnt."

Er drückte Lucas' Schulter fester.

„Du bist bereit dafür. Bereiter, als ich es in deinem Alter war. Und du bist nicht allein." Seine Stimme wurde weicher. „Nie vergessen: Du bist nicht allein."

Lucas sah ihn an. Dann lächelte er, das offene, hoffnungsvolle Lächeln eines Menschen, der an die Zukunft glaubt.

„Ich weiß, Opa."

Ein Windstoß wirbelte Blätter über den Weg. Gold. Rot. Braun.

Die Farben des Sterbens.

Und des Neubeginns.

# Der Fall Hartmann

Niemand wusste, wo Friedrich Hartmann war.

Der Winter 2082 lag milder über München als seine Vorgänger, kaum mehr als ein dünner Schneeschleier auf den Dächern. Doch in den Korridoren der Macht tobte ein Sturm, kälter als jede Januarnacht. Die parlamentarischen Untersuchungsausschüsse hatten ihre Arbeit aufgenommen. Eden-Tech-Manager wurden vorgeladen, befragt, verhaftet. Dr. Marcus Stern, der Gründer und Vorsitzende, blieb unauffindbar, abgeschirmt durch eine Armee von Anwälten und die Loyalität jener, deren Synapsen noch immer nach seinen Algorithmen feuerten.

„Wir wissen, dass er lebt", sagte Sophie bei einer Strategiesitzung der Wächter. „Die Dokumente, die er uns hinterlassen hat, beweisen es. Aber niemand weiß, wo."

„Eden Tech hält ihn gefangen." Mia verschränkte die Arme. „Das war von Anfang an klar. Die Frage ist nur: wo?"

„Alexander erwähnte eine Forschungsstation in den Alpen", sagte Lukas. Das Treffen lag zwei Jahre zurück, aber die Worte hatten sich eingebrannt. *Unwillige Subjekte* hatte er es genannt.

„Alexander ist verschwunden." Markus' Stimme klang hart. „Seit dem November-Aufstand. Entweder untergetaucht, oder ..."

Die Stille vollendete den Satz.

Lucas lehnte sich vor, die Augen fiebrig. „Wir müssen Hartmann finden. Er ist der Schlüssel. Ein lebender Zeuge, der aussagen kann, was Eden Tech mit ihm gemacht hat. Das würde den Ausschuss zwingen, tiefer zu graben."

„Aber wie?" Elena breitete die Hände aus. „Dutzende Einrichtungen, verstreut über ganz Europa. Wir können nicht alle durchsuchen."

„Nein." Lukas rieb sich das Kinn. „Aber vielleicht müssen wir das auch nicht." Er wandte sich seinem Enkel zu. „Du hast damals die Schwachstelle im Update-Protokoll gefunden. Könntest du herausfinden, wohin bestimmte Datenströme von Eden Tech gehen?"

Lucas' Finger trommelten auf die Tischkante. „Du meinst, ihre internen Kommunikationen verfolgen? Herausfinden, wo sie Ressourcen konzentrieren?"

„Genau. Wenn sie Hartmann irgendwo festhalten, brauchen sie Ressourcen. Personal. Ausrüstung. Energie. Und das hinterlässt Spuren."

„Riskant." Lucas schüttelte den Kopf. „Eden Tech hat die Sicherheit verstärkt seit dem Aufstand. Wenn ich entdeckt werde ..."

„Dann findest du einen Weg, nicht entdeckt zu werden." Lukas lehnte sich zurück. „Das ist es, was wir tun. Wege finden."

Die Suche dauerte Wochen.

Lucas, unterstützt von einem Netzwerk der Erwachenden aus der ganzen Welt, analysierte Datenströme, infiltrierte periphere Systeme, folgte digitalen Fährten wie ein Jäger dem Wild.

Lukas beobachtete seinen Enkel mit wachsender Sorge. Die dunklen Ringe unter Lucas' Augen wurden tiefer. Die Kaffeetassen stapelten sich. Mahlzeiten blieben unangerührt. *Das gleiche Muster*, dachte Lukas. *Genau wie ich damals.*

„Er erinnert mich an dich", sagte Elena eines Abends. Sie stand neben ihm am Fenster, beobachtete Lucas, der über seinen Bildschirmen zusammengesunken war. „Als du jung warst. So entschlossen. So ... unerbittlich."

„Ich weiß." Lukas' Finger krampften sich um die Fensterbank. „Und das macht mir Angst. Ich weiß, was dieser Eifer kosten kann. Gesundheit. Beziehungen. Manchmal das Leben."

„Aber er hat etwas, das du nicht hattest." Elena legte ihre Hand auf seine. „Eine Gemeinschaft. Die Erwachenden. Sie stützen sich gegenseitig, teilen die Last."

„Reicht das?"

„Es muss reichen." Ihre Stimme wurde weich. „Wir können sie nicht vor allem beschützen, Lukas. Wir können ihnen nur die Werkzeuge geben und hoffen, dass sie klüger sind als wir."

An einem Februarmorgen, als der Frost noch an den Fenstern klebte, kam der Durchbruch.

„Ich hab's." Lucas' Stimme war heiser, rau von Erschöpfung. Er zog ein Hologramm auf, eine Bergregion in leuchtenden Linien. „Eine Einrichtung in den Tiroler Alpen. Offiziell als Rehabilitationszentrum für Technikstress registriert. Aber die Energiedaten ... die Lieferungen ... das Personal ..." Er schüttelte den Kopf. „Es passt nicht zusammen."

Sophie trat näher, studierte die Zahlen. „Er hat recht. Diese Einrichtung verbraucht das Zehnfache dessen, was ein normales Reha-Zentrum brauchen würde. Und die Lieferungen: spezialisierte Medikamente, Neuroimplantate, Hochsicherheitsausrüstung."

„Das ist es." Lukas spürte, wie etwas in ihm sich zusammenzog. „Da halten sie Hartmann. Und wahrscheinlich nicht nur ihn."

„Was machen wir jetzt?" Markus stand auf. „Zur Polizei? Den Untersuchungsausschuss informieren?"

„Das würde zu lange dauern." Mia schüttelte den Kopf. „Eden Tech hat genug Einfluss, um eine Durchsuchung zu verzögern. Und wenn sie Wind davon bekommen, könnten sie Hartmann verlegen oder ..." Sie brach ab.

„Dann müssen wir selbst gehen", sagte Lukas.

Die Worte hingen in der Luft. Alle Augen richteten sich auf ihn.

„Ich weiß, was ihr denkt." Er hob die Hand, bevor jemand protestieren konnte. „Ich bin alt. Gebrechlich. Ein Hindernis mehr als eine Hilfe. Aber ich kenne Hartmann besser als jeder andere hier. Ich weiß, wie er denkt, was er brauchen würde, um zu vertrauen." Ein schmales Lächeln. „Und ich habe nicht mehr viel zu verlieren."

„Ich komme mit." Elena trat vor.

„Nein." Das Wort kam härter, als Lukas beabsichtigt hatte. „Jemand muss hier bleiben. Für Lucas. Für Sophie. Für alle anderen. Wenn mir etwas zustößt ..."

„Dann soll ich hier sitzen und warten?" Elenas Stimme zitterte, aber nicht vor Schwäche.

„Du sollst hier sein und führen." Lukas nahm ihre Hände. „Den Kampf fortsetzen. Die nächste Generation unterstützen. Das ist wichtiger als alles, was ich tun kann."

Sie stritten. Diskutierten. Verhandelten. Am Ende stand der Kompromiss: Lukas würde gehen, begleitet von einem kleinen Team. Mia, die trotz ihrer neunundsiebzig Jahre noch immer eine der erfahrensten Operativen war. Drei jüngere Wächter für die körperlichen Aspekte der Mission.

Elena blieb zurück.

*Das Schwerste, was sie je getan hatte.*

Die Einrichtung lag auf über eintausendachthundert Metern Höhe, erreichbar nur über eine schmale Bergstraße, die im Winter oft unter Schneemassen verschwand. Nach zwei Tagen erreichten sie ihr Ziel.

Von einem Aussichtspunkt oberhalb der Anlage beobachteten sie das Gebäude. Weitläufige Holz-und-Glas-Konstruktionen. Verschneite Tannen. Ein atemberaubender Blick auf die Berggipfel. Ein Wellness-Resort, wie es im Prospekt hätte stehen können.

Durch das Fernglas erkannte Lukas die Wahrheit. Kameras, die jeden Winkel erfassten. Wachen, getarnt als Gärtner und Hausmeister. Und ein Bereich im hinteren Teil des Komplexes, abgetrennt durch einen zusätzlichen Zaun. Warnschilder leuchteten selbst aus dieser Entfernung. Starkstrom.

„Da drin." Er deutete auf den abgetrennten Bereich. „Da halten sie ihn."

„Massive Sicherheit." Jonas, ein ehemaliger Soldat, ließ das Fernglas sinken. „Frontal kommen wir da nicht rein."

„Dann müssen wir eine Hintertür finden." Mia breitete die Pläne aus, die Lucas aus Eden Techs Systemen extrahiert hatte. Ihr Finger tippte auf eine Stelle. „Hier. Ein alter Versorgungstunnel, früher für Lieferungen genutzt. Vor Jahren stillgelegt, aber wahrscheinlich noch begehbar."

„Warum sollte er nicht bewacht sein?" Jonas' Stimme troff vor Skepsis.

„Weil er offiziell nicht mehr existiert", sagte Lukas. „Eden Tech hat ihn aus allen Plänen gelöscht, als sie die Einrichtung übernommen haben. Aber Lucas hat die alten Dokumente gefunden."

Mia faltete die Pläne zusammen. „Ein Risiko. Aber unser bestes."

Sie warteten bis zur Dunkelheit.

Der Tunnel war dort, wo die Pläne ihn zeigten. Ein rostiges Metalltor, halb unter Schnee begraben. Jonas überwand das Schloss mit einem leisen Klicken, und sie traten ein.

Dunkelheit. Feuchtigkeit. Kälte, die in die Knochen kroch.

Lukas' Gelenke protestierten bei jedem Schritt. Er ignorierte sie. *Zu viel investiert, um jetzt aufzugeben.*

Nach einer Viertelstunde: eine weitere Tür. Neuer. Massiver. Mia zog ein Gerät aus ihrer Tasche, eine von Elenas Erfindungen. Die Elektronik summte leise.

„Vielleicht zehn Minuten, bevor jemand die Störung bemerkt", flüsterte sie. „Findet Hartmann. Schnell."

Der Korridor dahinter war steril. Weiß. Kalt wie ein Leichenschauhaus. Türen auf beiden Seiten, alle verschlossen, alle anonym. Aber etwas zog Lukas nach links. Eine Intuition, geschärft durch Jahrzehnte des Kampfes. Eine Treppe hinunter, in die tieferen Ebenen.

Dort fanden sie ihn.

Professor Friedrich Hartmann saß in einem Stuhl. Drähte und Kabel führten aus seinem Kopf zu dutzenden Maschinen. Sein

Körper war abgemagert, die Haut grau wie Asche. Die Augen geschlossen.

Er atmete. Schwach. Unregelmäßig. Aber er atmete.

Mia blieb wie angewurzelt stehen.

Lukas trat näher, legte eine Hand auf die knochige Schulter seines Mentors. „Professor? Können Sie mich hören?"

Die Sekunden dehnten sich. Dann öffneten sich Hartmanns Augen. Langsam. Tastend. Sie brauchten einen Moment, um zu fokussieren, aber als sie Lukas erkannten, zuckte ein Lächeln über die eingefallenen Züge.

„Lukas." Ein Hauch mehr als ein Flüstern. „Du hast mich gefunden."

„Natürlich habe ich Sie gefunden." Lukas' Stimme brach. „Ich bin Ihren Hinweisen gefolgt. Dem Pfad unserer Erinnerungen."

„Gut." Hartmann hustete. „Sie haben ... Dinge mit mir gemacht. Versucht, mein Wissen zu extrahieren. Meine Erinnerungen. Alles, was ich über sie weiß."

„Haben sie es geschafft?"

Das Lächeln kehrte zurück, schwach, aber unbeugsam. „Ich bin ein störrischer alter Mann. Mein Gehirn hat ... Geheimnisse behalten. Trotz allem."

„Können Sie gehen?" Jonas trat vor. „Wir müssen hier raus. Jetzt."

Hartmann schüttelte kaum merklich den Kopf. „Die Maschinen ... sie halten mich am Leben. Wenn ihr mich abtrennt ..."

„Wir finden einen Weg." Lukas wandte sich an Mia. „Die Verbindungen. Kannst du die lebenswichtigen Funktionen auf tragbare Geräte umleiten?"

Mia studierte die Maschinen, ihre Augen huschten über Bildschirme und Kabel. „Vielleicht. Aber ich brauche Zeit. Mindestens zwanzig Minuten."

„Wir haben keine zwanzig Minuten." Jonas' Hand lag auf seiner Waffe. „Der Alarm ..."

Als hätte er es herbeigerufen: Sirenengeheul. Rotes Licht flutete den Korridor.

„Sie wissen, dass wir hier sind", sagte einer der jüngeren Wächter.

„Dann müssen wir sie aufhalten." Lukas griff nach dem Elektroschocker, den Jonas ihm gegeben hatte. „Jonas, ihr sichert den Korridor. Mia, mach deine Arbeit. Ich bleibe beim Professor."

„Das ist Wahnsinn." Jonas schüttelte den Kopf. „Sie sind ..."

„Alt. Ich weiß." Lukas' Stimme blieb ruhig. „Aber auch erfahren. Und motiviert. Jetzt geht."

Die längsten zwanzig Minuten seines Lebens.

Im Korridor: Rufe. Stöße. Das Summen von Elektrowaffen. Mia arbeitete fieberhaft, trennte Verbindungen, schloss neue an, murmelte Berechnungen.

Und Hartmann sprach. Schwach. Stockend. Aber mit der Klarheit eines Mannes, der weiß, dass dies seine letzte Chance sein könnte.

„Sie planen ... etwas Großes." Sein Atem rasselte. „Größer als NeuroBridge. Größer als Projekt Harmonie. Sie nennen es ... Genesis."

„Was ist es?"

„Die vollständige Digitalisierung ... des menschlichen Bewusstseins. Nicht als Kopie. Als ... Übernahme. Sie wollen ... jeden Menschen ... in ihr System integrieren. Für immer."

„Wann?"

„Bald. Die Technologie ... ist fast fertig. Nur ... Stern fehlt noch ... der letzte Schritt ..."

„Was für ein Schritt?"

Hartmann öffnete den Mund. Die Tür flog auf.

Ein Mann trat ein. Graues Haar, eleganter Anzug. Das Neuro-Bridge-Implantat an seiner Schläfe war größer, komplexer als alles, was Lukas je gesehen hatte.

„Dr. Marcus Stern." Lukas' Stimme blieb erstaunlich ruhig.

„Lukas Weber." Stern neigte den Kopf. „Nach all den Jahren. All den Kämpfen. Endlich treffen wir uns persönlich."

Er trat näher, scheinbar unbesorgt über die Wächter im Korridor, über die Waffe in Lukas' Hand. „Beeindruckende Arbeit.

Der November-Aufstand. Die Enthüllungen. Für einen Moment dachte ich tatsächlich, Sie hätten gewonnen."

„Wir haben gewonnen. Die Wahrheit ist draußen. Die Welt weiß, was Sie getan haben."

Sterns Lächeln erreichte seine Augen nicht. „Die Welt weiß, was ich sie wissen ließ. Einen kleinen Teil. Genug, um empört zu sein. Nicht genug, um wirklich zu verstehen."

„Was meinen Sie?"

„NeuroBridge war immer nur ein Werkzeug." Stern faltete die Hände hinter dem Rücken. „Eine Vorbereitung. Ein Weg, die Menschheit ... vorzubereiten. Für das, was kommt."

„Genesis."

Sterns Augenbrauen hoben sich. „Der alte Mann hat geredet. Natürlich. Selbst am Ende, selbst gebrochen, ist Hartmann noch immer ... stur."

Er wandte sich Hartmann zu. Für einen Moment sah Lukas etwas wie Bedauern in seinen Augen. „Sie hätten großartig sein können, Friedrich. Teil von etwas Größerem. Stattdessen haben Sie sich gewehrt, bis ... bis nichts mehr übrig war."

„Es ist immer ... etwas übrig." Hartmanns Flüstern füllte den Raum. „Solange ... ein Mensch ... noch denkt ... noch fühlt ... noch hofft ... ist immer ... etwas übrig."

Stern schüttelte den Kopf. „Sentimentalität. Die größte Schwäche der Menschheit." Er wandte sich an Lukas. „Ich mache Ihnen ein Angebot, Weber. Kommen Sie mit mir. Freiwillig. Werden Sie Teil von Genesis. Und ich lasse die anderen gehen. Hartmann. Ihre Freunde. Alle."

„Warum sollte ich Ihnen glauben?"

„Weil ich Sie brauche." Sterns Stimme wurde leiser, eindringlicher. „Oder genauer: Ihr Bewusstsein. Ihren Widerstandsgeist. Die Qualitäten, die Sie zu meinem größten Gegner gemacht haben, könnten Sie auch zu meinem größten Gewinn machen."

Lukas verstand. *Das war der letzte Schritt.* Genesis brauchte nicht nur Gehorsame. Es brauchte auch Rebellen. Querdenker. Menschen, die gegen den Strom schwammen. Um sie zu absorbieren. Zu integrieren. Zu neutralisieren.

„Nein."

„Nein?" Stern schien aufrichtig überrascht. „Sie würden sterben für ... was? Prinzipien? Ideale?"

„Für die Freiheit. Für das Recht jedes Menschen, sein eigenes Bewusstsein zu besitzen. Sein eigenes Leben zu führen. Seine eigenen Entscheidungen zu treffen."

„Fertig", sagte Mia hinter ihm. „Wir können ihn bewegen."

Alles geschah gleichzeitig.

Jonas und die anderen Wächter brachen durch die Tür. Sicherheitsleute hinter ihnen. Schüsse. Ein Schrei.

Lukas warf sich auf Stern.

Kurz. Brutal.

Lukas' alter Körper war kein Gegner für Sterns technologisch verstärkte Reflexe. Aber er brauchte nur einen Moment. Einen einzigen Moment, in dem Mia und die anderen Hartmann durch die Tür bringen konnten.

Stern warf ihn zu Boden.

Aus dem Augenwinkel: seine Freunde verschwanden mit Hartmann zwischen sich.

*Es hat funktioniert.*

„Beeindruckend." Stern stand über ihm. „Selbst am Ende. Selbst geschlagen. Kämpfen Sie noch."

„Das ist es, was Menschen tun." Lukas rang nach Atem. „Wir kämpfen. Selbst wenn wir verlieren. Selbst wenn es hoffnungslos scheint. Wir kämpfen."

Stern beugte sich herunter. Zog etwas aus seiner Tasche. Ein kleines, glänzendes Gerät.

„Freiwillig oder nicht, Weber. Sie werden Teil von Genesis. Und dann ... dann werden Sie verstehen."

„Nein."

Stern fuhr herum.

Jonas stand in der Tür. Blutend. Wankend. Aber aufrecht. In seiner Hand keine Elektrowaffe mehr. Eine echte Pistole.

„Lassen Sie ihn los." Jonas' Stimme war fest. „Oder ich schieße."

Stern lächelte. „Sie werden nicht schießen. Sie sind Idealisten. Pazifisten. Sie töten nicht."

„Normalerweise nicht." Jonas hob die Waffe. „Aber für ihn? Für alles, wofür er steht? Ich würde es tun."

Einen langen Moment: Stille. Stern. Jonas. Lukas dazwischen.

Dann bewegte sich Stern. Schneller als ein Mann seines Alters sich bewegen sollte. Getrieben von den Implantaten in seinem Körper.

Der Schuss hallte durch den Raum.

Stern taumelte. Griff sich an die Schulter. „Sie haben tatsächlich ..."

Ungläubigkeit in seinen Augen.

„Raus hier." Jonas' Stimme war heiser. „Jetzt."

Lukas erhob sich mit letzter Kraft. Stolperte zur Tür. Folgte Jonas durch den Korridor. Die Treppe hinauf. Durch den Tunnel. In die kalte Freiheit der Bergnacht.

Hinter ihnen heulten Alarme.

Vor ihnen warteten Mia, Hartmann und die anderen.

*Sie hatten es geschafft.*

Drei Tage später, in einem sicheren Haus am Rande von München, gab Professor Hartmann seine Aussage. Vor Ermittlern, Journalisten und Vertretern der Wächter sprach er stundenlang. Über seine Gefangenschaft. Über die Experimente. Über alles, was er über Genesis wusste.

Die endgültige Enthüllung.

Innerhalb von Wochen wurden Haftbefehle gegen die gesamte Führung von Eden Tech erlassen. Dr. Marcus Stern, noch immer verletzt von Jonas' Schuss, wurde bei einem Fluchtversuch gefasst.

„Es ist vorbei." Sophie lehnte sich zurück. „Nach all den Jahren. Es ist endlich vorbei."

Lukas schüttelte den Kopf. „Es ist nie vorbei. Eden Tech mag gefallen sein, aber die Technologie existiert noch. Die Ideen existieren noch. Irgendwo, irgendwann wird jemand anderes versuchen, dasselbe zu tun."

„Dann werden wir bereit sein." Lucas trat neben seinen Großvater. „Die Erwachenden. Die nächste Generation. Wir werden wachsam sein."

Lukas legte eine Hand auf die Schulter seines Enkels. „Ich weiß."

Er sah hinaus durch das Fenster. Die Stadt erwachte im ersten Licht des Frühlings. Irgendwo da draußen lebten Millionen von Menschen, befreit von NeuroBridges Kontrolle. Frei, ihre eigenen Gedanken zu denken. Ihre eigenen Entscheidungen zu treffen.

Nicht perfekt. Es würde nie perfekt sein.

Aber ein Anfang.

*Und manchmal ist ein Anfang alles, was wir brauchen.*

Professor Hartmann überlebte noch drei Monate. Sein Körper, geschwächt durch Jahre der Gefangenschaft und Experimente, erholte sich nicht. Aber er nutzte die Zeit. Lehrte. Warnte. Inspirierte. Am Ende ging er friedlich, umgeben von Freunden und ehemaligen Studenten, mit dem Wissen, dass sein Lebenswerk nicht umsonst gewesen war.

Bei der Beerdigung sprach Lukas die Trauerrede.

„Friedrich Hartmann war ein Mann, der nie aufgehört hat zu fragen. Zu zweifeln. Zu kämpfen. Ein Lehrer, der Generationen inspiriert hat. Ein Freund, der selbst in den dunkelsten Momenten an das Gute im Menschen glaubte."

Er hielt inne. Ließ den Blick über die Menge schweifen. Jung und alt. Bekannt und fremd. Vereint in diesem Moment des Abschieds.

„Er hat mir einmal gesagt: Die wichtigste Frage ist nicht, ob wir gewinnen werden. Die wichtigste Frage ist, ob wir es versuchen werden."

Die Worte hingen in der Stille.

„Er hat es versucht. Sein ganzes Leben lang. Und deshalb wird er nie wirklich sterben. Er lebt weiter,in seinen Ideen, seinen Studenten, seiner Vision einer Welt, in der Menschen frei sind."

Lukas trat vom Podium zurück.

„Lasst uns sein Vermächtnis ehren. Nicht durch Trauer, sondern durch Handeln. Nicht durch Erinnerung, sondern durch Weiterkämpfen. Für alles, woran er geglaubt hat. Für alles, wofür er gestanden hat."

Stille.

Dann begann jemand zu klatschen. Langsam. Einzeln. Dann ein anderer. Und noch einer. Bis der ganze Raum erfüllt war von Applaus, von Tränen, von der kollektiven Entschlossenheit einer Gemeinschaft, die verstanden hatte:

Der Kampf endet nie.

Er wird nur weitergegeben.

Von Generation zu Generation.

Aber was war der letzte Schritt, den Hartmann nicht mehr hatte aussprechen können?

# Digitale Imperative

Sechzig Jahre Kampf zeigten sich in den Gesichtern der Vorstandsmitglieder von ConnectForGood.

Lukas Weber musterte sie durch das Regenmuster auf den Fensterscheiben. Die Tropfen verzerrten ihre Konturen wie ein unscharfer Traum aus einer vergangenen Zeit, als NeuroBridge noch neu war, als Eden Tech noch existierte, als alles noch einfacher schien.

Es war das Jahr 2085. Eden Tech existierte nicht mehr, zerschlagen durch Gerichtsurteile, aufgelöst durch Regulierungsbehörden, seine Fuhrung hinter Gittern oder im Exil. Aber die Technologie, die sie geschaffen hatten, war nicht verschwunden. Sie hatte sich gewandelt, war in neue Hande ubergegangen, hatte neue Namen angenommen.

„Die neue Verordnung tritt nachsten Monat in Kraft", sagte Mia Chen. Ihr silberweisses Haar rahmte ein Gesicht, das dreiundachtzig Jahre Weisheit und Kampf trug. „Alle Unternehmen und Bildungseinrichtungen mussen NeuroLink-Kompatibilitat fur ihre internen Kommunikationssysteme gewahrleisten."

NeuroLink. Der Nachfolger von NeuroBridge, entwickelt von einem Konsortium aus ehemaligen Eden Tech-Ingenieuren, reguliert durch ein internationales Gremium, an dem auch die Wachter beteiligt waren. Es sollte anders sein. Sicherer. Transparenter.

Lukas verschrankte die Arme. *Sollte.*

„Konnen wir sicher sein, dass es diesmal anders ist?" Elena Santos' Blick war noch immer so durchdringend wie damals, als sie ihn zum ersten Mal gemustert hatte. Achtzig Jahre und kein Funken weniger Scharfe.

Lukas schuttelte den Kopf. Seine weissen Haare, die tiefen Falten, die langsamer gewordenen Bewegungen erzahlten ihre eigene Geschichte. Aber sein Geist kannte kein Alter.

„Wir konnen nie sicher sein", sagte er. „Das ist die Lektion. Wachsamkeit ist kein Ziel. Es ist ein Prozess, der nie endet."

Nach der Sitzung blieben Lukas, Mia und Elena zuruck. Sophie und Markus flimmerten als Hologramme neben ihnen, zugeschaltet aus Bayern, wo sie sich um Lucas kummerten, der langst erwachsen geworden war.

Lucas selbst, achtzehn Jahre alt, studierte Neurotechnologie in Zurich. Die Erwachenden hatten sich zu einer globalen Bewegung entwickelt, mit Millionen von Mitgliedern, und Lucas war einer ihrer prominentesten Sprecher.

„Hast du mit ihm gesprochen?" Elena lehnte sich vor.

Lukas nickte. „Gestern. Er macht sich Sorgen wegen Neuro-Link. Seine Kommilitonen akzeptieren es zu leichtfertig. Vergessen zu schnell."

„Die Jungen vergessen schnell." Mia faltete die Hande. „Das war immer so."

„Aber sie haben auch Werkzeuge, die wir nie hatten", widersprach Sophie über das Hologramm. „Die Liberation-Software ist immer noch aktiv. Die Erwachenden haben Protokolle entwickelt, um manipulative Algorithmen zu erkennen. Und das internationale Uberwachungsgremium..."

„Das Gremium ist nur so gut wie die Menschen, die darin sitzen." Lukas' Stimme blieb ruhig. „Und Menschen konnen korrumpiert werden. Getauscht. Manipuliert."

Stille breitete sich aus wie Nebel über einem kalten See.

„Was schlagst du vor?" Markus' Hologramm flackerte leicht.

Lukas sah seine zitternden Hande an. „Ich weiß es nicht mehr. Fruher hatte ich immer einen Plan. Einen nachsten Schritt. Aber jetzt..." Er hob den Blick. „Jetzt bin ich ein alter Mann, der die Welt nicht mehr versteht."

„Das ist nicht wahr." Elenas Stimme war sanft, aber bestimmt. „Du siehst die Muster, die andere ubersehen. Du erinnerst dich an das, was andere vergessen."

„Und genau das ist deine Rolle jetzt", fugte Mia hinzu. „Nicht mehr der Kampfer an vorderster Front. Sondern der Wachter. Der Erinnerer. Der, der die Fackel weitergibt."

In dieser Nacht sass Lukas allein in seinem Arbeitszimmer, umgeben von Buchern und Erinnerungen. Sein Blick fiel auf ein Foto: er und Mia bei der Preisverleihung vor fast sechzig Jahren. Jung. Hoffnungsvoll. Uberzeugt, dass sie die Welt zum Besseren verandern konnten.

*Haben wir es geschafft?*

Sein Kommunikationsgerat vibrierte. Eine Nachricht von Lucas: „Opa, ich brauche deinen Rat. Kann ich morgen vorbeikommen?"

Lukas tippte seine Antwort. „Naturlich. Immer."

Am nachsten Tag sass Lucas in dem Arbeitszimmer, das er so gut kannte. Der junge Mann war gewachsen seit dem letzten Treffen, nicht nur korperlich. Etwas Neues lag in seiner Haltung, seinem Blick.

„Ich habe eine Entscheidung zu treffen." Lucas verschrankte die Finger. „Und ich weiß nicht, was richtig ist."

„Erzahl mir."

Das internationale Gremium, das NeuroLink uberwachte, hatte Lucas einen Platz angeboten. Sie wollten seine Expertise, seinen Ruf, seinen Zugang zu den Erwachenden. Er konnte von innen arbeiten, Veranderungen bewirken.

„Aber einige in den Erwachenden sagen, das ware Verrat." Lucas' Kiefer spannte sich. „Dass ich mich kaufen lasse. Dass das Gremium nur eine weitere Form der Kontrolle ist."

„Was denkst du?"

Lucas zögerte. „Ich denke... beides hat recht. Das Gremium hat Schwächen. Lücken. Möglichkeiten für Missbrauch. Aber von aussen zu stehen und zu kritisieren, ändert nichts."

„Und dabei riskierst du, vom System verändert zu werden."

„Ja." Lucas' Stimme war kaum mehr als ein Flüstern. „Das ist das Dilemma."

Lukas schwieg. Wie viele Male hatte er selbst vor ähnlichen Entscheidungen gestanden? Wie viele Male hatte er gewählt, manchmal richtig, manchmal falsch, immer mit Konsequenzen, die er nicht vorhersehen konnte?

„Ich kann dir nicht sagen, was du tun sollst", sagte er schließlich. „Das wäre nicht fair. Aber ich kann dir sagen, was ich gelernt habe."

Er lehnte sich vor. „Der wichtigste Kampf ist nicht der gegen aussere Feinde. Es ist der Kampf, du selbst zu bleiben. Deine Werte zu bewahren, egal wo du bist. Wenn du das schaffst, wenn du in das Gremium gehst und trotzdem Lucas bleibst, dann kannst du etwas verändern."

„Und wenn ich mich verliere?"

„Dann hast du verloren. Selbst wenn du gewinnst."

Lucas nickte langsam. „Wie hast du es geschafft, Opa? All die Jahre?"

„Ich hatte Hilfe. Deine Grossmutter. Deine Mutter. Mia, Elena, Alexander." Er lächelte schwach. „Alexander wurde nach dem Fall von Eden Tech übrigens begnadigt. Lebte seine letzten Jahre in einem kleinen Haus an der Ostsee. Schrieb Memoiren bis zu seinem Tod 2084." Er legte eine Hand auf Lucas' Schulter. „Du wirst auch Hilfe brauchen. Such sie dir. Umgib dich mit Menschen, die dir die Wahrheit sagen. Und hor auf sie. Selbst wenn es wehtut. Besonders wenn es wehtut."

Wochen spater sass Lukas vor dem Bildschirm und beobachtete Lucas' Antrittsrede vor dem internationalen Gremium. Der junge Mann stand vor Vertretern aus aller Welt und sprach mit einer Klarheit, die Lukas stolz und demütig zugleich machte.

„Ich bin nicht hier, um Kompromisse zu machen." Lucas' Stimme hallte durch den Saal. „Ich bin hier, um zu erinnern. Zu warnen. Zu kampfen. Fur eine Technologie, die Menschen befreit, nicht kontrolliert. Die verbindet, nicht uniformiert. Die erweitert, nicht ersetzt."

Er blickte direkt in die Kamera. „Mein Grossvater hat mich gelehrt, dass der wahre Kampf nie endet. Dass jede Generation ihre eigenen Schlachten schlagen muss. Dass Wachsamkeit der Preis der Freiheit ist."

Ein Lacheln. „Ich bin bereit, diesen Preis zu zahlen."

Elenas Hand fand seine. Fur einen Moment waren sie wieder jung, voller Hoffnung, voller Traume.

„Er wird Fehler machen", sagte Elena leise.

„Ja." Lukas druckte ihre Finger. „Aber er wird auch lernen. Wachsen."

„Wie du."

„Wie wir alle."

Sie sassen schweigend und sahen ihrem Enkel zu, wie er den nachsten Schritt auf einer Reise ging, die niemand vollstandig uberblicken konnte. Eine Reise, die Generationen dauern wurde.

Aber das war in Ordnung. Das war der Sinn. Nicht das Ziel zu erreichen, sondern den Weg zu gehen. Nicht zu gewinnen, sondern zu kampfen. Nicht perfekt zu sein, sondern immer besser zu werden.

Der Herbst 2090 kam fruh. Die Blatter farbten sich bereits Ende August, und ein kalter Wind fegte durch die Strassen von Munchen.

Lukas Weber, dreiundachtzig Jahre alt, lag in einem Hospiz am Stadtrand. Sein Korper hatte genug. Jahrzehnte des Kampfes, der Anspannung, der unermudlichen Arbeit hatten ihren Tribut gefordert. Die Arzte gaben ihm noch Wochen, vielleicht Tage.

Aber sein Geist war klar. Und sein Zimmer war voller Menschen.

Elena verliess seine Seite nicht. Sophie und Markus, beide selbst alt geworden, sassen auf der anderen Seite des Bettes. Lucas, dreiundzwanzig Jahre alt, stand am Fenster, sein Gesicht eine Maske aus Trauer und Entschlossenheit.

Es gab andere. Mitglieder der Wachter, der Erwachenden. Menschen, deren Leben Lukas beruhrt hatte, ohne es zu wissen. Sie kamen und gingen, teilten ihre Erinnerungen.

An einem klaren Nachmittag, als goldenes Herbstlicht durch die Fenster stromte, bat Lukas darum, mit Lucas allein zu sprechen. Die anderen verliessen den Raum.

„Komm naher." Seine Stimme war schwach, aber seine Augen leuchteten.

Lucas setzte sich auf die Bettkante, nahm die Hand seines Grossvaters.

„Ich habe dir nie richtig gedankt", flusterte Lukas. „Fur die Operation damals. Fur alles seitdem. Du hast uns alle stolz gemacht."

„Ich habe nur getan, was du mir beigebracht hast."

„Nein." Lukas schuttelte den Kopf. „Du hast es besser gemacht. Anders. Auf deine Weise. Das ist wichtig. Wir durfen nicht nur kopieren, was die vor uns getan haben. Wir mussen es weiterentwickeln."

Er hustete, brauchte einen Moment. „Die Welt wird sich weiter verandern. Schneller, als wir uns vorstellen konnen. Aber die Grundprinzipien bleiben."

„Welche?"

„Menschliche Wurde. Individuelle Freiheit. Das Recht jedes Menschen, sein eigenes Leben zu fuhren, seine eigenen Entscheidungen zu treffen, sein eigenes Bewusstsein zu besitzen." Lukas druckte Lucas' Hand fester. „Diese Dinge sind nicht verhandelbar. Nicht fur Effizienz. Nicht fur Sicherheit. Nicht fur das grossere Wohl. Nie."

Lucas nickte, Tranen in den Augen.

„Und vergiss nie: Du bist nicht allein. Es gibt immer Menschen, die dieselben Werte teilen. Find sie. Verbunde dich mit ihnen."

Er schloss kurz die Augen, sammelte Kraft. „Noch etwas. Lebe. Nicht nur uberlebe, nicht nur kampfe. Liebe. Lache. Geniesse die kleinen Momente. Die großen Kampfe sind wichtig, aber sie sind nicht alles."

Er schloss die Augen, erschopft. Lucas blieb sitzen, hielt seine Hand, bis die anderen zuruckkehrten.

Lukas Weber starb drei Tage spater. Friedlich. Im Schlaf. Umgeben von seiner Familie.

Er war dreiundachtzig Jahre alt geworden, hatte uber sechs Jahrzehnte fur das gekampft, woran er glaubte, und hinterliess eine Welt, die ein wenig freier, ein wenig menschlicher war als die, in die er hineingeboren worden war.

Seine Beerdigung wurde zur Demonstration, nicht aus Protest, sondern aus Liebe. Tausende versammelten sich. Mitglieder der Wachter, der Erwachenden, Politiker, Wissenschaftler, Aktivisten aus aller Welt.

Lucas hielt die Trauerrede.

„Lukas Weber war kein Held", sagte er. „Zumindest hatte er sich selbst nie so genannt. Er war ein Mensch. Mit Fehlern, Schwachen, Zweifeln. Mit Momenten der Angst, der Verzweiflung. Er war nicht anders als wir alle."

Eine Pause. Die Worte sickerten in die Stille.

„Aber er hat eine Entscheidung getroffen. Eine, die er jeden Tag seines Lebens neu treffen musste. Die Entscheidung, aufzustehen. Zu kampfen. Fur das einzutreten, woran er glaubte. Selbst wenn es schwer war. Selbst wenn es gefahrlich war. Selbst wenn er nicht wusste, ob es einen Unterschied machen wurde."

Er blickte zu Elena, die in der ersten Reihe sass. Tranen auf den Wangen, aber aufrecht. Stark.

„Das ist sein Vermachtnis. Nicht die Siege, nicht die Niederlagen. Sondern die tagliche Entscheidung, menschlich zu bleiben. In einer Welt, die uns manchmal das Gegenteil zu verlangen scheint."

Er wandte sich der Menge zu.

„Wir stehen heute an einem ahnlichen Scheideweg wie er damals. Die Technologie entwickelt sich weiter, schneller als je zuvor. Die Versuchungen werden grosser, die Herausforderungen komplexer. Und niemand kann uns sagen, was der richtige Weg ist."

Ein tiefes Atemholen.

„Aber wir konnen dieselbe Entscheidung treffen. Jeden Tag neu. Aufstehen. Kampfen. Menschlich bleiben."

Er hob den Blick zum Himmel.

„Das ist mein Versprechen, Opa. An dich. An alle, die vor uns gekampft haben. An alle, die nach uns kommen werden. Wir werden nicht aufgeben. Wir werden weitermachen. Schritt fur Schritt. Tag fur Tag. Generation fur Generation."

Er senkte den Blick, sah die Gesichter, die Tranen, die Entschlossenheit.

„Ruhe in Frieden, Grossvater. Dein Kampf ist vorbei."

Eine Pause. Dann, leiser: „Unserer beginnt gerade erst."

Der Applaus war nicht laut. Er war sanft, respektvoll, voller Emotion. Aber er war lang.

Als die Menschen auseinandergingen, als der Sarg in die Erde gesenkt wurde, wusste Lucas, dass sein Grossvater nicht wirklich gegangen war.

Er lebte weiter. In den Ideen, die er gepflanzt hatte. In den Menschen, die er inspiriert hatte. In der Bewegung, die er mitbegrundet hatte. In der Welt, die er mitgestaltet hatte.

Und er wurde weiterleben.

So lange es Menschen gab, die fragten.

Die zweifelten.

Die kampften.

Die hofften.

So lange es Menschen gab, die menschlich blieben.

Die Sonne brach durch die Wolken, wahrend Lucas vom Grab wegging. Elena hakte sich bei ihm unter. Sophie und Markus folgten. Hinter ihnen, verstreut uber den Friedhof, standen

Hunderte von Menschen, die dasselbe gelernt hatten, was Lukas sein Leben lang gelehrt hatte:

Dass der Kampf nie endet.

Dass jede Generation ihre eigenen Schlachten schlagen muss.

Aber dass in diesem Kampf selbst, in diesem endlosen Streben nach einer besseren Welt, der wahre Sinn des Lebens liegt.

Lucas blickte zuruck, einmal noch, auf das Grab seines Grossvaters. Dann wandte er sich der Zukunft zu.

Es gab noch viel zu tun.

**ENDE**